人生百年，比之於夢，猶覺百年更虛於夢也。

經典3.0
ClassicsNow.net

帝國末日的
山水畫

老殘遊記
The Travels of Lao Ts'an

劉鶚 原著

李歐梵 導讀

謝祖華 故事繪圖

他們這麼說這本書
What They Say

插畫：羅喬綾

 敘景狀物 時有可觀

魯迅

 1881 ～ 1936

作家魯迅認為《老殘遊記》中所表現的藝術成就，特別是在語言運用上有其獨特的地方。在《中國小說史略》一書中，他稱讚此書：「敘景狀物，時有可觀。」並且將《老殘遊記》評為晚清四大譴責小說之一。

 胡適

1891 ～ 1962

胡適最讚賞《老殘遊記》中描寫的功夫，像在《明湖居聽書》一文中將抽象的音樂，做具體化的描述，甚至可以媲美《琵琶行》、《秋聲賦》及《赤壁賦》。他說：「這一段寫唱書的音韻，是很大膽的嘗試。音樂只能聽，不容易用文字寫出，所以不能不用許多具體的物事來作譬喻。白居易、歐陽修、蘇軾都用過這個法子。」

有一段甚至可以媲美《琵琶行》、《秋聲賦》及《赤壁賦》

古老中國文明 在其衰落之前的 最後一篇 偉大的讚歌

普宗克 Jaroslav Prusek

 1906 ～ 1980

捷克著名的漢學家普宗克曾翻譯過《老殘遊記》，對其在東歐地區的傳播有很大的貢獻。在其序言《劉鶚及其小說老殘遊記》中，他寫到：「這本書是古老的中國文明在其衰落之前的最後一篇偉大的讚歌。」

夏志清

 1921〜

💬 文學史家夏志清認為《老殘遊記》不同於中國古典小說裏,對主角的主觀心境不加以描寫。他說:「這遊記對布局或多或少是漫不經心的,又鍾意貌屬枝節或有始無終的事情,使它大類於現代的抒情小說,而不似任何型態的傳統中國小說。」

大類於現代的
抒情小說
而不似任何型態的
傳統中國小說

李歐梵

📅 1939〜

💬 這本書的導讀者李歐梵,現任香港中文大學文化及宗教研究系人文學科教授。他說道:「我覺得胡適先生對於《老殘遊記》這本小說的評價非常對,他的一個論點是,中國傳統小說裏面,寫景寫得這麼細緻的,寫得這麼有抒情味道的,這是第一本。」

寫景寫得
這麼細緻的
寫得這麼
有抒情味道的
這是第一本

你

📅 ?

💬 在二十一世紀此刻的你,讀了這本書又有什麼話要說呢?請到classicsnow.net上發表你的讀後感想,並參考我們的「夢想成功」計畫。

你要說些什麼?

3

書中的一些人物
Book Characters

插畫：羅喬綾

💬 《老殘遊記》的主角，姓鐵名英號補殘，書裏直接稱呼為「老殘」。這部作品就是透過他行走江湖幫人治病的所見所聞，所寫成的遊記。一般認為他也是作者劉鶚的化身。

老殘

💬 王小玉，也稱之為白妞。《老殘遊記》裏頭擅長唱梨花大鼓的姊妹中的姊姊。劉鶚對她的描寫極為精采。他形容白妞的眼睛如同「白水銀裏頭養著兩丸黑水銀」，描寫她唱書時「五臟六腑裏，像熨斗熨過，無一處不伏貼。三萬六千個毛孔，像吃了人參果，無一個毛孔不暢快。」堪稱是中國文學中形容聲音的經典描述。據説白妞黑妞的原型是當時山東一帶唱梨花大鼓的名角劉小玉姊妹。

白妞

💬 白妞的妹妹，她轉腔換調已經讓人嘆為觀止，但比起白妞還遠遠比不上。老殘形容她們的差別：「他的好處人説得出，白妞的好處人説不出；他的好處人學的到，白妞的好處人學不到。」

黑妞

申子平

💬 奉命到山裏請大俠劉仁甫出山，在山上偶遇璵姑與黃龍子，頗有進入神仙洞府的境遇，除了和他們討論儒、佛、道之外，也聆聽他們對「北拳南革」等天下局勢的推測。在這裡申子平代替老殘成為另外一個敘事者。

黃龍子

璵姑

💬 申子平在山裏遇到黃龍子，黃龍子主要是從儒釋道三教合一的泰州學派的立場，去看晚清當時的亂局。劉鶚有些朋友就是泰州學派，自己可能也受到影響，因此藉由黃龍子的言說裏，表達了泰州學派的看法。

💬 據說劉鶚有一把琴名曰「雲璵」，在《老殘遊記》裏就化身為善於鼓琴而又有見地的璵姑。一出場她就說明了儒道釋的同異，也表達了對當時學宋儒者的鄙夷。

這本書的歷史背景
Time Line

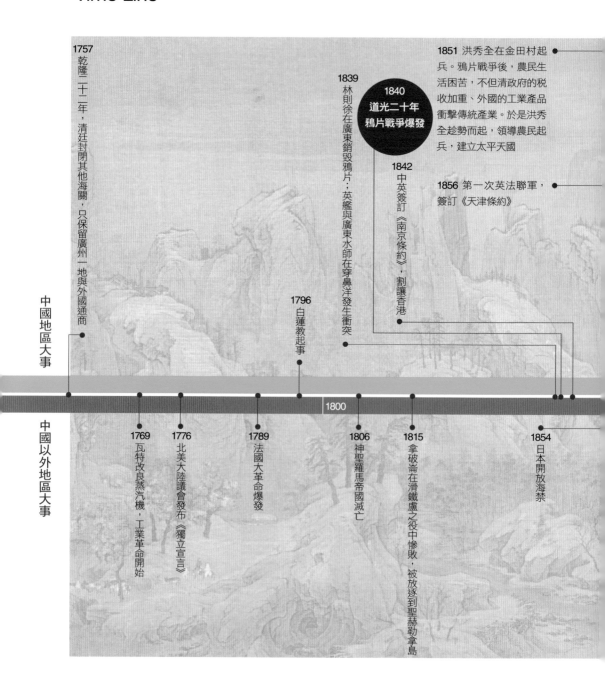

中國地區大事

1757 乾隆二十二年，清廷封閉其他海關，只保留廣州一地與外國通商

1796 白蓮教起事

1839 林則徐在廣東銷毀鴉片；英艦與廣東水師在穿鼻洋發生衝突

1840 道光二十年 鴉片戰爭爆發

1842 中英簽訂《南京條約》，割讓香港

1851 洪秀全在金田村起兵。鴉片戰爭後，農民生活困苦，不但清政府的稅收加重、外國的工業產品衝擊傳統產業。於是洪秀全趁勢而起，領導農民起兵，建立太平天國

1856 第一次英法聯軍，簽訂《天津條約》

1800

中國以外地區大事

1769 瓦特改良蒸汽機，工業革命開始

1776 北美大陸議會發布《獨立宣言》

1789 法國大革命爆發

1806 神聖羅馬帝國滅亡

1815 拿破崙在滑鐵盧之役中慘敗，被放逐到聖赫勒拿島

1854 日本開放海禁

● 1860 第二次英法聯軍，火燒圓明園，簽訂《北京條約》

● 1861 慈禧太后聯合恭親王奕訢發動政變，開始垂簾聽政

● 1864 洪秀全死，太平天國覆亡

1872 清廷派出第一批留美幼童

1884 法國強佔越南，中法戰爭爆發

● 1894 中日甲午戰爭爆發，剛毅積極主戰，受到慈禧的賞識，任軍機大臣。有人認為《老殘遊記》中的酷吏剛弼就是影射他

1898 「戊戌維新」失敗，歷時一百零三天

● 1900 山西巡撫毓賢殺害傳教士，唆使義和團焚燒教堂及屠殺教民。八國聯軍攻入北京後，聯軍指毓賢為罪魁禍首。有人認為《老殘遊記》中的酷吏玉賢就是影射他

1906 《老殘遊記》出版

● 1911 辛亥革命爆發，清朝亡

● 1919 五四運動開始

清

1900

1861 美國南北戰爭開始

1868 日本明治維新開始

1882 朝鮮爆發壬午軍亂

1914 第一次世界大戰

1917 俄國爆發十月革命，蘇維埃政府成立

1939 德國進攻波蘭，第二次世界大戰爆發

這位作者的事情
About the Author

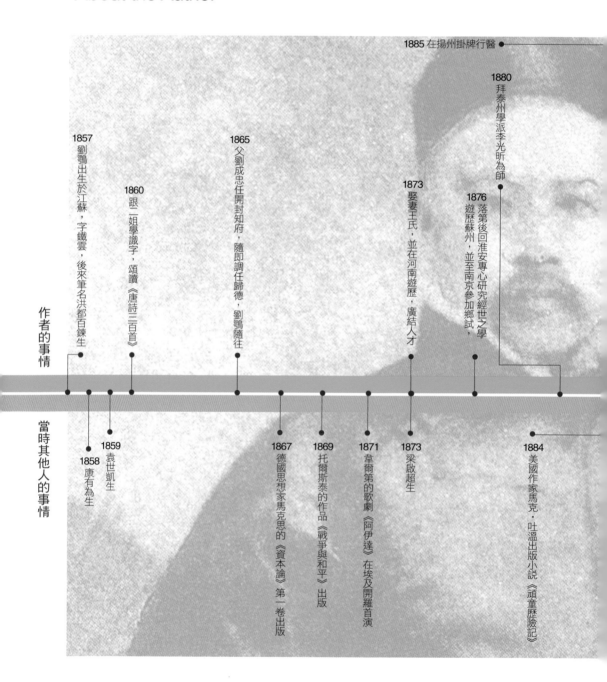

1885 在揚州掛牌行醫

1880
拜泰州學派李光昕為師

1857
劉鶚出生於江蘇，字鐵雲，後來筆名洪都百鍊生

1865
父劉成忠任開封知府，隨即調任歸德，劉鶚隨往

1873
娶妻王氏，並在河南遊歷，廣結人才

1876
落第後回淮安專心研究經世之學，遊歷蘇州，並至南京參加鄉試，

1860
跟二姐學識字，頌讀《唐詩三百首》

作者的事情

當時其他人的事情

1858
康有為生

1859
袁世凱生

1867
德國思想家馬克思的《資本論》第一卷出版

1869
托爾斯泰的作品《戰爭與和平》出版

1871
韋爾第的歌劇《阿伊達》在埃及開羅首演

1873
梁啟超生

1884
美國作家馬克‧吐溫出版小說《頑童歷險記》

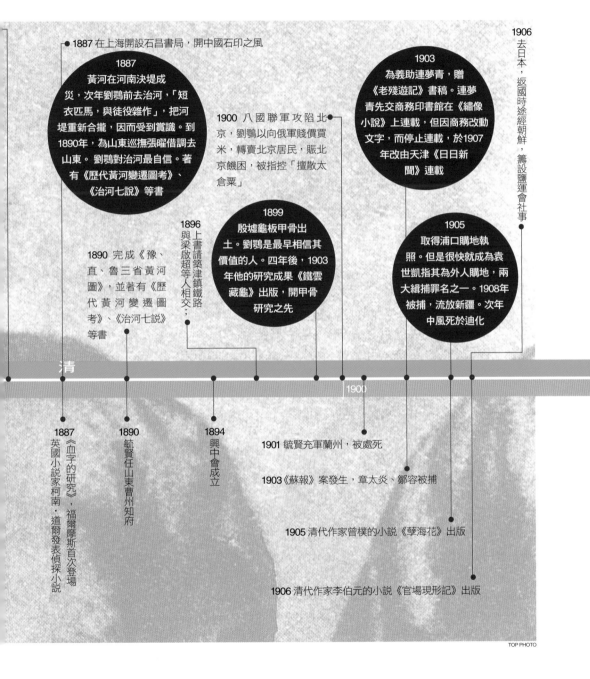

1887 在上海開設石昌書局，開中國石印之風

1887
黃河在河南決堤成災，次年劉鶚前去治河，「短衣匹馬，與徒役雜作」，把河堤重新合攏，因而受到賞識。到1890年，為山東巡撫張曜借調去山東。劉鶚對治河最自信。著有《歷代黃河變遷圖考》、《治河七說》等書

1900 八國聯軍攻陷北京，劉鶚以向俄軍賤價買米，轉賣北京居民，賑北京饑困，被指控「擅散太倉粟」

1890 完成《豫、直、魯三省黃河圖》，並著有《歷代黃河變遷圖考》、《治河七說》等書

1896 上書請築津鎮鐵路與梁啟超等人相交；

1899
殷墟龜板甲骨出土。劉鶚是最早相信其價值的人。四年後，1903年他的研究成果《鐵雲藏龜》出版，開甲骨研究之先

1903
為義助連夢青，贈《老殘遊記》書稿。連夢青先交商務印書館在《繡像小說》上連載，但因商務改動文字，而停止連載，於1907年改由天津《日日新聞》連載

1905
取得浦口購地執照。但是很快就成為袁世凱指其為外人購地，兩大緝捕罪名之一。1908年被捕，流放新疆。次年中風死於迪化

1906
去日本，返國時途經朝鮮，籌設鹽運會社事

清

1900

1887 《血字的研究》，英國小說家柯南‧道爾發表偵探小說

1890 毓賢任山東曹州知府

1894 興中會成立

1901 毓賢充軍蘭州，被處死

1903 《蘇報》案發生，章太炎、鄒容被捕

1905 清代作家曾樸的小說《孽海花》出版

1906 清代作家李伯元的小說《官場現形記》出版

這本書要你去旅行的地方
Travel Guide

● **烏魯木齊** 1908年劉鶚被流放到烏魯木齊以後，投宿在大西門的城隍廟，並在那裏幫人看病，許多病人慕名而來。

太原

● **水西門** 太原城共有八座城門，東西南北各有兩座。因為西南角地勢最低，所以每遇水患，振武門一定會淹水，稱為水西門。劉鶚來此議辦路礦時，曾登水西門城樓作《登太原西城》詩一首。

淮安

● **劉鶚書屋** 劉鶚過去生活和著書的故居，收藏有劉鶚的古琴和衣物。

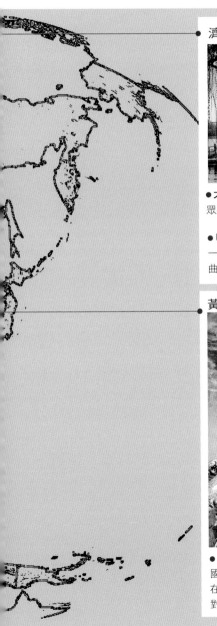

濟南

● **大明湖** 濟南號稱「泉城」，有泉水百餘處，其中名泉七十二處，大明湖即由眾泉匯流而成的天然湖泊。有「四面荷花三面柳，一城山色半城湖」的美稱。

● **明湖居** 明湖居是清末民初大明湖畔一處曲藝場，老殘當年就是在此欣賞曲藝藝人黑妞白妞的梨花大鼓。

● **千佛山** 隋朝年間佛教盛行，隨山勢雕刻了數千尊佛像，故名千佛山。劉鶚曾描寫：「千佛山上，梵宇僧樓，與那蒼松翠柏，高下相間……。」

黃河

● 發源於青海省巴顏拉山脈，是中國第二長河，世界第五長河，最後在山東注入渤海。《老殘遊記》中對黃河結冰有精采的描繪。

● **趵突泉** 位居濟南七十二名泉之首，被譽為「天下第一泉」。《老殘遊記》中描繪：「三股大泉，從池底冒出，翻上水面有二、三尺高。」

● **黃崖山** 晚清時太谷學派的張積中曾率弟子在此山修行，據說《老殘遊記》中申子平所造訪的桃花山，就是以黃崖山為原型。

11

經典3.0
ClassicsNow.net

目錄 帝國末日的山水畫 老殘遊記
Contents

封面繪圖：謝祖華

老殘看到冬天黃河結冰，兩隻船怎麼被冰塊凝住，船上的人用木杵打冰，在雪月交輝之下，老殘感受到謝靈運的詩句「北風勁且哀」中的「哀」字，不覺淚下，後來一摸，連眼淚都結成冰了。這種寫法，我認為在我所看過的中國傳統小說中幾乎是沒有的。

老殘山水畫

又想道：「這山不就是我們剛才來的那山嗎？這月不就是剛才踏的那月嗎？為何來的時候，便那樣的陰森慘淡，令人怵魄動心？此刻山月依然，何以令人心曠神怡呢？」就想到王右軍說的：「情隨境遷，感慨係之矣。」真正不錯。

1.0

導讀

李歐梵

現任香港中文大學人文學科講座教授，主要研究領域包括現代文學及文化研究，
著有中英文著作《中國現代作家的浪漫一代》、《鐵屋中的吶喊》、《西潮的彼岸》等。

要看導讀者的演講，請到ClassicsNow.net

劉鶚（1857-1909），字鐵雲。祖父與父親都有很高的官位，在家學的薰陶下，自幼博覽群書。從少年時候起，就「負奇氣，性豪放，不規規於小節。」劉鶚科舉之路不順，屢試不中。雖然他後來憑治河之能，以及善於洽外的眼光和本事，還是被保薦做到知府之位，但還是很快就棄官從商。劉鶚之一生，雖然並不是官場之人，但是在政、商、文化等各界都有豐沛的人脈，尤其因《老殘遊記》改在天津《日日新聞》之後，在媒體也擁有影響力。只是劉鶚個性豪放，朋友固多，樹敵亦多。諸如被他在書中影射的剛毅等多人，都和他有宿怨，最終被袁世凱羅織罪名，緝捕發配新疆。隔年死於迪化，得年五十二歲。

TOP PHOTO

（上圖）劉鶚舊照。
（右上圖）1907年，劉鶚看準浦口將成為貨運要津，邀請親朋聚資購買多頃土地。等津浦鐵路開工，浦口地價暴漲，他人眼紅想分一杯羹而不得，就誣告劉鶚為外人購地，成為袁世凱追捕他的罪名之一。這是津浦鐵路接軌儀式。
（右下圖）劉鶚故居。

大家都知道美國作家馬克‧吐溫對於經典有個定義：經典是什麼呢？就是大家都覺得該看，可是大家卻都不看的東西，就叫做經典。可是我想，《老殘遊記》是個例外，因為幾乎所有的華人，不管是在台灣、在香港，甚至於在中國大陸，恐怕在中學時代至少都讀過《老殘遊記》裏面的一回──《老殘遊大明湖》。而且香港也有一位非常有名的劇作家何冀平把它改編成話劇，叫做《梨花夢》，後來改名《還魂香》。因此，關於這部經典，研究的人很多，做解釋的人也很多，加上學校裏面有老師的教導，所以讀者不需要做分外的努力，也不需要自己去找一些資料來研究才看得懂。而且，《老殘遊記》基本上是用一種比較典雅的語體文寫的，所以看起來應該也不難。那我為什麼要選這一本看起來並不是那麼困難的小說來談？我覺得也許有兩個意義，一個意義就是，我很喜歡這本小說，一個個人的愛好是很難解釋清楚的。另外一個意義，一個歷史的意義，就是這本書猶如一幅「帝國末日的文化山水畫」。

介紹《老殘遊記》的文本

任何一個教文學的老師的作法，一開始都是講解這個文本。雖然各位對於這本小說已經很熟悉了，可是我還是想用我的方式來講講這個文本。這部小說有二十回（我只講它的初編，不講二編）。我用的這個版本是在香港很容易買到的（台灣三民書局的版本）。也不過是兩、三百頁，很方便，而且有很多注解，所以看起來很容易。那麼仔細看一看我們就會發現，這二十回裏面，其實不是一個很完整的故事，因為《老殘遊記》──你說它是遊記也好，說它是小說也好──不是像我們閱讀的西方現代小說一樣，有一個完整的結構。

它前面的十回，似乎像遊記一樣。它包括兩個遊記，一個是老殘自己在山東各地遊覽，另外就是故事裏面另外一個人物，叫做申子平的奇異經歷，他登山遇虎，從第八回到第

北京故宮博物院

時代圖片

《老殘遊記》是晚清著作的四大小說之一，在中國的小說史上，清末可謂是一個極其繁榮的時期。主要原因有三，一是由於印刷技術的成熟與新聞事業的發展，使得小說增加了需求。當時在上海及各大商埠中，創辦小說雜誌、出版小說書籍的大有人在，甚至有人以寫小說為職業。再者，西方文化輸入，使得當時的知識分子，漸漸認識了小說的重要性。最後則是由於晚清時期，清廷正遭逢內憂外患的困境當中，外有列強環伺，內則政治腐敗，因此批評時事的小說，成為文壇一種鮮明的特色。《老殘遊記》這本書，就是在這樣的社會背景衝擊之下，所產生的作品。

十二回。那麼後面呢？劉鐵雲寫這個小說的時候，中間間斷了，因為前面十回他是為商務印書館的《繡像小說》雜誌連載而寫的。後來發生爭執，因為他的朋友把他的稿子送去的時候，那個編者故意擅改他的文字，好像把一個登山遇虎改成遇狐了，所以他們一氣就改投天津的一個報紙。我們這位作者劉鶚（字鐵雲）又寫了一個很精彩的公案故事。所以你也可以說，這裏面有偵探的故事，有遊覽的故事，也有一點哲學，特別是在第九回到十一回裏面有一點哲學的意味。

一般研究《老殘遊記》的人，大部分只注重這本小說的政治意義。到底作者是不是對於清末的政治有所影射？因為裏面有一首晦澀的詩，很多學者都在研究這首詩，到底有沒有影射什麼政治事件。可是我個人不是用這種方式，我是把它當作一個有哲學意義的抒情作品來看。

TOP PHOTO

一部重要的抒情作品

　　什麼叫做抒情的作品呢？這就牽涉到我對於抒情的定義和理解。有名的學者王德威，寫了一篇很重要的文章，就叫做《有情的歷史》，下面的副標題就是「中國文學的抒情傳統和現代中國文學」。他的一個基本論點就是，整個中國的文學史，從《詩經》、《楚辭》一直到現代文學，有一個一以貫之的東西，不是史詩型的，而是抒情的東西。就是把個人的一種情感詩意化，達到一種意境，而用這一種意境，來展現每個時代、每個社會、每個時期的感受。但是這種抒情的意境，到了現代文學的境遇裏面，產生了一個相當重要的困境和變化。大家都知道，二十世紀的中國，特別是上半個世紀，是一個革命的世紀。那麼抒情在一個革命的大洪流裏面，有什麼意義呢？大家都投身革命，愛國就可以了嘛！王德威提出很獨特的觀點，他特別引用了沈從文一篇沒有發表

（左圖）清末繪畫。西方人畫清朝皇帝在北京北海公園的冰湖上乘坐滑冰車玩耍，這是當時帝王的娛樂。
（下圖）同時的清末，少年在學習抽煙片。

狂名卓著 劉鶚假老殘之口，說「天下大事壞於奸臣者十之三四，壞於不通世故之君子者倒有十分之六七也！」因而他畢生以識見遠到之人自許。於時事觀察尤其犀利。甲午戰前，劉鶚判斷中日情勢，就預言北洋艦隊將覆沒，大連旅順將淪陷，當時不但被視為狂人，更被引為笑談。等到他的預言果然成真之後，雖然沒人再敢笑他，但是他的狂名更著。（編輯部）

過的家書，來講這個抒情。

沈從文說：「對人生有情，就常常和在社會上的事功相背斥，易顧此失彼，事功可以學，有情則難知」。所以他說，文學的功用，特別是作為一個作家，要能夠把這種特別的情，化為文字、為形象、為音符、為節奏，「可望將生命的某一種形式，某一種狀態，凝固下來，形成生命另外一種存在和延續，通過長長的時間，通過遙遙的空間，讓另外一時另一地生存的人，彼此生命流注，沒有阻隔。」

大概是這個意思。王德威的這篇長文章也是從沈從文衍生出來的，我頗有同感。我想王德威基本想做的一個論證就

（右圖）清代《渤海閱師圖冊・兵船懸彩》
清末為了挽救帝國頹勢，無論是官方或是民間都有興辦實業的風氣。圖即為北洋艦隊船隻。

是：這麼一個偉大的抒情傳統，是不是在二十世紀更有意義？我就想用《老殘遊記》這本小說，來解答王德威提出的問題。

看過老殘遊記的朋友，大家都知道，這個小說一開始，就提到哭泣。他在初編自序的第一頁就說，「嬰兒墜地，其泣也呱呱，及其老死，家人環繞，其哭也號咷……蓋哭泣者，靈性之現象也……靈性生感情，感情生哭泣。」所以我覺得這本小說是老殘，或者可以說是這個作者劉鶚──老殘就是劉鶚的化身──感嘆身世的一種抒情作品。一般的解釋，都以為他是為中國的衰亡而哭泣，為帝國的末日而哭泣，把它解釋為一種社會

洪都百鍊生 清末沈藎被慈禧太后處死，此案牽連到連夢青，逃到上海賣文為生。劉鶚看他日子過得辛苦，義助他「寫一小說稿贈之」。連夢青接受了他的好意，把書稿洽接商務印書館的《繡像小說》連載，並約定商務不可更動一字。後來連夢青指商務沒有遵守約定，中斷連載，改由天津《日日新聞》連載。劉鶚在連載時以「洪都百鍊生」筆名發表，加上後來遭禍，所以直到民國之後，他的後人才正式公布作者的真實身分。（編輯部）

TOP PHOTO

（上圖）清代《繡像小說》創刊號。《老殘遊記》最初即是在《繡像小說》上刊載。
（右圖）《點石齋畫報》裏清代衙署大堂陳設。《點石齋畫報》是中國最早的畫報，隨上海《申報》附送，主繪者則是清末著名畫家吳友如。

性的政治小說，可是我覺得它的意義，遠遠超過當時的社會政治意義。他用這個哭泣，帶出來一種中國山水畫的寫意傳統，也就是說，他用一種抒情的文字，描繪了一個帝國末日的情景。所以詩情畫意在這個小說裏面，非常完整的表現出來，而表現得最精彩的，就是遊大明湖的那一章。「詩情畫意」說起來很容易，可是在文學實踐上來說，中國的山水畫和詩的關係比較密切，所謂詩中有畫、畫中有詩，但是在傳統小說裏面卻不多。

中國傳統以詩抒情，用小說講故事

各位想想，除了《紅樓夢》之外，幾乎所有的中國古典小說，從《三國演義》、《水滸傳》、《西遊記》，一直下來到《儒林外史》，到晚清的小說，基本上在情景交融、詩情畫意的這一面都著墨不多，或者說沒有把它當作小說裏面的重要主題。因為大家都知道，基本上中國傳統小說就是說故事，說各式各樣的人物和故事，《水滸》一百零八將，《三國》更不要說，《西遊記》中唐僧、孫悟空、豬八戒遇見各種妖魔鬼怪。所以他很難找出一本章回小說，把一個主要人物的感情，和他所處的時代，合成一個境遇，來做一種交融。在中國古典文學裏面，一個人的感覺，基本上是用詩的方式來寫的，也就是把詩人個人的感情，寄託在一種詩的形式中——五言、七言絕句或者詞——來展現情和景，或者人和社會、人和大自然，甚至是人和宇宙的關係，小說基本上不是屬於這個詩的領域。

大家都知道，在中國的文學史上，小說是雕蟲小技，在《漢書·藝文志》裏頭提到，道聽塗說的東西叫做小說。到了宋朝，開始有話本，有小說。基本上都是繼承了這個話本傳統。所以一般早期的十五、十六世紀的小說裏面，常常用一種說書人的口吻來講故事。

那麼講什麼故事呢？基本上，都是所謂俠盜、淫穢的東

河南與山東 劉鶚對治河深有能人之不能的自信，因而1887年黃河在河南決堤成災後，次年他就自薦前往治水，當年即有成，因而受到賞識，後來並因而被山東巡撫張曜借調去山東治水。當時袁世凱也在張曜手下。據說袁世凱想要外放而不得，就央請劉鶚跟張曜說情。張沒答應，袁世凱因而和劉鶚結怨。（編輯部）

西，當然也有帝王將相的東西，所以保守的士大夫就認為，這個不是嚴肅的文學。可是小説發展得很快，看的人越來越多，到了明末，甚至於很有學問的人，也開始寫小説，也就是説明末的文人，把小説和戲劇混為一體。而文人呢，總是會寫詩的，所以文人就慢慢把一點詩情畫意的東西放在裏面，可是基本上放得還是不多。所以我覺得胡適先生對於《老殘遊記》這本小説的評價非常對，他的一個論點是，中國傳統小説裏面，寫景寫得這麼細緻的，寫得這麼有抒情味道的，這是第一本。他舉了很多例子來説明，一般其他小説寫的時候，都是用一些陳腔濫調的語言，而這本小説是很特別的。所以，從這個觀點看來，我覺得遊大明湖這一章還是值得細讀。

細讀第二回《遊大明湖》

大家都知道，遊大明湖的寫法，是一種非常典型的模式：老殘一個人，到了山東濟南一間客棧，清晨起身雇了一隻小船，

今日的大明湖雪景。

盪起雙槳，就到了這個大明湖，他看到對面千佛山的倒影映在水裏面，於是自然就開始詩情畫意起來了。表面上這是一個典型的文人的遊歷心態。可是在他描寫的過程裏面，讓我們感覺到那依然是他自己的感覺，是他自己的感受，也就是說他在追尋中國文人的一種意境，和前人交流，所以他特別看到了那兩行詩，「四面荷花三面柳，一城山色半城湖」。

這一種意境的營造，我覺得作者是有意的，他讓大家知道，每個人都遊過大明湖，可是他看的大明湖就跟大家不一樣。而且傳統的模式，卻讓你讀時有一種很清新的感覺。為什麼清新呢？因為他的寫景寫得特別細緻。他的這種寫景，如果再進一步看的話，可以發現他用的大都是一種白描和細描的手法。什麼叫做白描呢？就是把看到的東西，用一種最簡單的文字，很樸質無華的文字，把它描繪出來。

且看下面這幾句：老殘到了鐵公祠，「只見對面千佛山上，梵宇僧樓，與那蒼松翠柏，高下相間，紅的火紅，白的雪白，青的靛青，綠的碧綠。」你看，他把四種顏色，每個

時代圖片

23

中國山水畫的寫意傳統 中國畫強調的是「形神兼備」，而「神」主要是來自於創作者的情感與意識，故中國畫一直以來都很重視「寫意」這個部分，以「意」作畫方能使畫作各具特色，因心造境才得讓作品有更深的意境。中國山水畫的寫意傳統，便在於學習山水畫必須尊重傳統，並在古人的基礎上進行新的探索，而最終回歸到大自然中，才可創造出既富傳統又寓新意的作品。

顏色四個字，非常生動地把這一湖美景表現了出來，這有點張愛玲的味道，參差的對照。「更有一株半株的丹楓夾在裏面，彷彿宋人趙千里的一幅大畫，做了一架數十里長的屏風。」於是詩情引出了畫意，像這一類的句子很多。作者用這種白描手法帶進他的心緒：如此佳景，為什麼沒有什麼遊人啊？於是看到那副對聯。一般寫小說的，不是這麼寫的，只說某某人到了這個地方，一看，前人有詩為證，只是做「證據」而已。而老殘寫的是他自己的感受，用自己的語言表現出來之後，然後才發現原來前人已經有這種呼應了，所以他是在和古人做一種心靈上的交流。我們一開始看的時候，可能只注重他的語言，沒有注重心靈的交流。其實整篇小說都在做不同的交流：我覺得有橫向的交流——老殘和當地的社會、當地的人事交流——也有縱向的交流，就是和古

（右圖）宋 趙伯駒《江山秋色圖》
《老殘遊記》將鐵公祠的景色與趙千里（趙伯駒）的畫做了一個比對。

人的交流，和中國哲學、美學上的交流。所以我覺得這個小説表面上看似很平淡，可是裏面的寓意卻非常深刻。

一個主角貫穿全書

這裏我想再提出第二個論點，就是中國傳統小説裏面，以一個主人翁，從頭到尾貫穿全書的，幾乎沒有。我講是長篇小説，短篇有，可是連短篇都不多。中國重要的長篇小説中，如《紅樓夢》，你可以説《紅樓夢》講的是賈寶玉，可是不只是賈寶玉，其他人物多得不得了。可是《老殘遊記》呢，只有一個主人翁。那麼現在產生的一個問題就是：全書中間那幾章——第八回到第十一回——主角怎麼突然換了另外一個人？我的解釋是，老殘把他自己的哲學意境，變成了主人翁了，他不好意思自己講，所以找出另外一個敘事者來

北京故宮博物院

先覺之常刑 在清末，一個有
識見又能通洋務的人，很容易
就背上「漢奸」之名。況且劉
鶚又以天下為己任。劉鶚終
其一生都在想做事，不但做
不成，並且飽受污衊的漩渦
之中。後來林語堂說他：「夫
時代之不了解，乃先覺之常
刑。」（編輯部）

描繪他自己的心境。

　　中國傳統小說裏面沒有這種主觀的哲學論證方式。他需
要講另外一個故事，然後用那個故事來表達他的心靈境界，
基本上還是一致的。故事到了最後，老殘又變成一個偵探，
辦案成功了，還找到一個妓女翠花，納她為妾。像這樣一個
主人翁帶動的一系列風景，非但在中國傳統小說裏少見，西
洋古典小說中也不多，直到十八世紀以後才多起來。當然你
也可以說唐吉訶德有這樣的東西，唐吉訶德也碰到很多其他
事件，但他還有個隨從桑丘（Sancho Panza），帶出另外一
個主題。但是那部小說的寫法，跟這本小說的寫法不一樣，
所以這裏面就產生一個很有意思的比較。根據西方一些理論
家來說，這是一個典型的現代小說模式。現代西方小說基本
上的模式就是，一個主人翁和他的現實的環境不合，格格不
入，不像古典的主人翁，像荷馬史詩裏面的人物是整個宇宙
的一部分，他的遭遇好像命定一樣。而這部《老殘遊記》裏
面，老殘的造型似乎有一點現代主人翁的味道。他似乎是和
他的社會，雖不能說格格不入，可是多多少少有點距離了。
我們怎麼看得出來呢？

　　老殘到底是個什麼人？一個傳統的中國知識分子只有兩
條路可以走：要不然就是做官，要不然就是退隱，做文人。
老殘呢，兩者都不是，他表面上是一個醫生，而其實醫生
是裝出來的，他懂得醫術，所以他故意弄了一串鈴子，穿
著一件破衣服在路上走，很像要飯的乞丐一樣，這是一個
pose，是裝出來的。而中國傳統醫生地位不高，就像賣菜的
一樣，誰要我去我就去了。可是老殘做了遊蕩醫生，反而使
得他的地位在小說世界裏面高起來了，變成了一個非常有意
思的東西。法國有個字，叫做Flaneur，翻譯出來叫做「都
市漫遊者」，可是老殘漫遊的不是都市，最多是像濟南一樣
的鄉村式的都市。其實他作為一個賣藥郎中，可以在中國各
地漫遊，走來走去，在漫遊時，就跟他所看到的東西和人物

TOP PHOTO

（上圖）清代藥舖幌子。幌子
是藥舖的招牌，百姓尋找藥舖
多以幌子為識。劉鶚自己曾在
揚州掛牌行醫。
（右上圖）舊時藥舖的夥計正
在秤藥材。
（右下圖）行醫的江湖郎中。

此中國串鈴賣藥之圖也其人係江湖走土販
中藥並聲敘明某藥性口清俟有即往各者越
舉一手特串鈴搖却一不等為病痛目視其色
古說變仙尚代賣藥無作衣食也

清官與站籠 站籠又稱立枷，是清代刑具的一種。犯人被關於籠內，由枷卡住脖子，雙腳懸空，慢慢致死。《老殘遊記》裏描述了剛毅和毓賢兩個剛愎自用的官吏，以自己視清官而視人命如草芥，隨意就讓人進站籠致死。劉鶚指清官有時比貪官更可怕的可能。因而劉鶚説：「贓官可恨，人人知之；清官尤可恨，人多不知。蓋贓官自知有病，不敢公然為非；清官則自以為不要錢，何所不可，剛愎自用，小則殺人，大則誤國。」

（下圖）清末站籠一景。
（右圖）清末模擬公堂審案場景。

發生了關係，而這種關係多少有一點疏離的意味，可是又不太疏離。所以我認為老殘是徘徊在一種入世與出世之間，既進入這個社會，又從這個社會裏面做半退隱的狀態。他常常是這樣的，有急事的時候他就進去了，比如説他寫封信，馬上在官場中就有很多朋友，我們也搞不清楚為什麼老殘在官場裏面有這麼多朋友？他自己也不是進士，可是依然有很多朋友。然後他及時就可以拔劍相助，但不是劍而是用筆，所以我説他是個「文俠」！可是當人家説你這麼有才就請你做官吧，他馬上就提著行李，連夜溜走了，不想做官，顯然是要退隱。所以這個造型本身，我就覺得很有意義。當然有很多學者把老殘這個造型和劉鐵雲自己的身世做比較，可是我一直覺得，任何小説的主人翁，即使是作家的寫照，畢竟還是經過一點加工。而這個加工就是一種藝術形象，是劉鐵雲很細心刻畫出來的。他要讓這個主人翁游離於中國的山水世界之中，而這個山水世界，是中國的官場容納不下的。現實的社會和歷史環境也是一樣。大家可能看過同時人寫的《官

TOP PHOTO

場現形記》和《二十年目睹之怪現狀》，那時候清廷的官場已經非常腐敗，非但貪官非常多，連清官都做了不少壞事。《老殘遊記》也批評清官做的壞事，真有其人，他把這兩個人物都指了出來，一個叫毓賢，一個叫剛毅。關於這些，其他學者都已經講得很清楚。可是我覺得老殘這一個抒情的人物造型，在晚清小說中是非常特別的。我們甚至可以說，在晚清所有的小說裏面，找不到第二個像老殘一樣的人物。吳沃堯、李伯元和曾樸，都寫不出一個像老殘這樣的人物。所以我可以大膽的說，也許這個人物的造型，為中國現代小說開啟了一個小小的新門戶。這個造型表面上來看，還是非常傳統，可是他本身也代表了某些現代的因素。生活在那個時代，他既是「有情人」，就不可能融入官場社會，也絕對不會同流合污，可是他又不像一些西方現代小說一樣，完全與社會疏離，比如卡繆的《異鄉人》一樣。所以我覺得，老殘其實不只是一個作者的化身。

TOP PHOTO

說書人 說書是一種口頭講說的表演形式，各地的說書人以自己的語言及方式，對人說著不同的故事，因此也可視為是當地文化、方言的一部分。中國自宋代以來，有許多歷史資料都足以證明，職業說書在中國不但存在，並且非常流行。在當時的首都和大城市中，聽說書是集市內不可缺少的娛樂之一，可知說書藝術一直對中國城市居民的日常生活具有深遠的影響。說書人帶起的這種口傳藝術，在小說形成的歷史過程中，成為十分重要的角色，更深深地影響了日後口傳的說唱種類。

遊記的文體

我們再繼續看下去的話，就會更有意思。關於遊記這個文體，在中國傳統文學裏面，是其來有自的。其實很多詩都可以當遊記來看，短的遊記，很多都是用一種散文的形式寫出來的。明末清初有很多人寫遊記，而且有一個新的現象：就是這些遊記，例如《徐霞客遊記》，非但有抒情，而且裏面寫的也有一些地理的因素，名山、大澤，他寫得非常仔細。因為清初有個有個思想的傳統，就是大家覺得明朝的頹廢太盛，所以提倡經世致用。所以徐霞客在遊覽名山大澤的時候，山多少丈高，水如何遼闊，都描寫得很清楚。所以地理學，當時叫做地域學，就由此而來了。我想，劉鶚絕對知道這個遊記的傳統，所以，這本小說叫做老殘遊記，而不是叫做某某外史或者外傳。我覺得顯然他是在向中國遊記的傳統挑戰：一方面在繼承，一方面在挑戰。也就是說，他想用一個小說的筆法，寫一種遊記式的散文，可是裏面的小說成分越來越多。所以你不能夠只把這一章當成散文看，因為他說的是一個故事。他的故事怎麼說呢？是用一種表面看起來完全沒有章法式的說法──根據作者的兒子自己說，他爸爸寫的時候，信手寫來，每天晚上寫一點，好像沒有章法。我覺得任何一位有才氣的作家，即使表面上看來沒有章法，骨子裏還是有章法的。他的章法是什麼呢？就是他所繼承的一種抒情形式。就是我們剛剛講的例子。

說書人的敘事方式

可是當老殘遭遇很多事情的時候，敘事者怎麼講呢？他可以用一個很客觀的方法，就是假造出一個說書人來一句開場白，說：各位看官，我來告訴你一個故事；然後又說閒話休提，我再告訴你另外一個故事；再說什麼話分兩頭，講完這個帶出那個來，這是典型的寫法，是中國式的客觀敘述法。可是《老殘遊記》中用「看官」這個字用得很少，我只找到

（右圖）清代《楊乃武》插畫。《楊乃武與小白菜》是清末四大冤案之一。《老殘遊記》中批評的「清官」剛弼，有人認為是指的是剛毅。剛毅也曾審理此案。

31

這是清朝妓院以玻璃畫來做的
海報。《老殘遊記》裏,有幾
位妓女的故事。

《桃花源記》為東晉文學家陶淵明所寫。全文共分三段：第一段寫桃花源被發現的過程。第二段寫漁人在桃花源內的所見所聞，架構出陶淵明心目中的理想世界。第三段寫桃花源不能再往，暗示桃花源不過是作者的假託。作者不滿意於當時紊亂的社會，暴虐的政治，而擬構出一個理想的極樂世界，藉以諷刺現實的環境。《桃花源記》雖然出於陶淵明的幻想；但是描摹極具真實感，讓人讀了為之欣然神往。

一個地方。前面完全是遊記的寫法，可是越寫情節越複雜，到了第十三回，老殘碰到了一個案子，這個案子是個冤案，老殘本來遊興很好，遊得非常快樂，後來聽到了一個案子，遊興盡失。這個案子在最後那四回呈現無遺。

我們就知道，其實老殘作為一種遊蕩山水的人是不行的，社會要召喚他去做一些事情。而且他又碰到一些朋友，那朋友之中有幸有不幸，有好人也有壞人，但大部分都是好人。然後，他又碰到兩個妓女，很窮的妓女，後來迷迷糊糊的就納了一個妓女為妾。在前面這十回裏面，事實上早已交代了很多情節，而這種情節如果仔細看的話，是用一種間接的敘事法表現出來的：他碰到了一位叫黃人瑞的朋友，由他的口裏面講了很多故事，黃人瑞的故事也交叉很多情節，一會兒火燒起來了，一會兒要抽根鴉片，似乎作者要讓你知道很多有趣的人物，一般讀者或者聽眾就想知道下面發生了什麼事，情節就出來了。可是一個現代作家是最反對講這種連串的故事的，甚至會說，難道只講這故事就夠了嗎？所以他要在這個故事情節裏面放進很多其他因素。所以單從這個小說的形式來講，你可以發現，有些情節好像是支離破碎的，可是放在這整個的遊記的描述裏面，好像都非常融合，因為有一個共通的「情調」（mood）。一直到最後那幾回，才開始不協調了，我個人並不特別喜歡最後冤案的三、四回，我覺得連文體都和前面不太契合，因為那裏頭他為了調查冤案，要把那些假裝臥底的人講的粗話都寫出來，和前面的大明湖的抒情語言很不協調。可是至少在前面的十四回基本上調子是很諧和的，像是一首只有三個樂章的交響曲，第一樂章是慢板，抒情的慢板。中間來點諧謔曲（scherzo），有一點詼諧感，到了最後才是波濤洶湧的快板。

語言的細節──冬天景象、世紀末的比喻

《老殘遊記》中最精彩的是細節，大都和人物與風景有

（右圖）清 任熊《十萬圖冊‧雪景山水》

劉鶚對治黃河很有心得,著有
《治河七說》等書。《老殘遊
記》裏描述了黃河結冰的壯觀
景象。這是黃河在壺口結冰的
一景。
© CORBIS

世紀末 這個名詞，指的是「十九世紀末」這個時期，當時歐洲文化產生很大的轉變，從過於成熟的頂峰，逐漸趨向頹廢與沉淪，人們在精神上處於莫名的恐懼中。藝術家的風格亦深受當代觀念的影響，許多藝術作品反映出非常複雜豐富的人文因素，甚至是社會情緒；所以世紀末的文藝思潮，並不是指某種特定的風格或模式，而是藝術家們憑藉自己的感受，對現實做出判斷或評價。在這段時期裏，西方人對世界前途普遍抱持著悲觀和恐懼的心理，甚至頹廢墮落、醉生夢死，因此對於「死亡議題」的關切，更是十九世紀末藝術的時代趨勢。

關。特別是冬天下雪的描寫。一般中國遊記寫的都是春天，或者是夏天，有時候寫秋天，寫冬天下雪遊覽的不多。《老殘遊記》裏面，寫冬天的時候，都很冷，他去的地方，不管是官場還是客棧，都要坐在炕上。炕就是一個大床，下面是生火的，因為當時沒有暖氣，都是升火的。第十三回老殘見兩個妓女，他欹在炕上，兩個妓女就站在炕邊，後來老殘寫他的詩，就站在那個炕上寫！為什麼作者故意要寫冬天？而且把冬天寫得很美？大家都知道內中最精彩的一章（第十二回），是寫冬天黃河結冰。老殘看到冬天黃河結冰，兩隻船

（右圖）維也納的夜晚，十九世紀繪畫。顯現帝國末日前的人們的奢華放縱。

怎麼被冰塊凝住，船上的人用木杵打冰，在雪月交輝之下，老殘感受到謝靈運的詩句「北風勁且哀」中的「哀」字，不覺淚下，後來一摸，連眼淚都結成冰了。這種寫法，我認為在我所看過的中國傳統小説中幾乎是沒有的。他把那個感情「凝固」了。我剛剛引過沈從文所説的，抒情是把生命的某一種狀態凝固下來，就是這個意思。西方有一位詩人華茲華斯（W. Wordsworth）説，詩就是 "emotion recollected in tranquility"，就是一種感情，化為一種寧靜的感覺後，把它回想寫出來。可是他沒有用這種「冰的凝固」的寓象，這

TOP PHOTO

《徐霞客遊記》徐弘祖（1586-1641），號霞客，生於十六世紀的明朝。他特立獨行，終其一生堅持做他所喜愛之事，因此他從青年時期起，便開始有計劃地考察旅行，足跡遍及今天的江蘇、浙江、福建、山東、河北、山西、陝西、河南、湖北、湖南、江西、廣東、廣西、雲南等地，他每到一地，必將當地的自然景象及風土人情記錄下來，最終根據自己的所見所聞，完成了《徐霞客遊記》。此書是作者考察山水三十年的總結，是最早的一部較為詳細記錄地理環境的遊記，具有很豐富的內容。其中有世界上岩溶考察的最早資料，並記載著眾多少數民族的經濟、歷史、地理與風俗習慣，還有各村落城鎮的盛衰，名勝古蹟的演變等，成為研究中國民族和歷史地理的珍貴資料。

種既熾熱又凜冽的感覺。我們讀時，一方面感覺到人情味很濃，老殘跟這些人來來往往，吃吃喝喝，吃的是火鍋之類的北方菜啦，我讀時都流口水啦！很舒服。可是外面的風景是很凜冽的、很冰凍的。這當然有它的象徵意義：就是說中國的歷史已經到了一個冬天了。這不是我的比喻，是小說裏面的比喻，是這個作者的歷史觀，不是我們現在的歷史觀。而他的歷史觀，還是傳統中國的歷史觀，是一個cycle一個循環。就好像一年四季一樣，春夏秋冬。也就是申子平見到兩位奇人所說的，中國的歷史，一治一亂，冬天萬物皆枯，就影射了當時滿清帝國的衰弱。老殘被困在這個地方和時代，就希望將來可以萬物復甦，中華的文明會振興。

很多人以為老殘會同情革命，其實他完全不同情革命，甚至他是反對革命的。所以，這一種歷史觀，這種感覺，我暫且稱它是世紀末的感覺。中國沒有世紀末這個名詞，世紀末

（右圖）《老殘遊記》是第一部將抒情意象融入遊記的作品。

就是一個世紀到了結尾，這個名詞叫做fin-de-siécle，或者叫做end of century，是歐洲歷史上的一個名詞。比如說維也納在1890年到1900年的時候叫做世紀末，有一本學術名著叫做《世紀末的維也納》。可是中國沒有世紀的觀念，可是中國有王朝的末代，氣數將盡，這種感覺當然朝廷自己不會講，可是一般的士大夫都已經看得出來了。劉鶚不用一種直接的方式來寫，他不像梁啟超一樣，振臂高呼，跟著他的老師康有為「戊戌變法」，上萬言書，結果最後就逃到日本。劉鶚沒有那麼革命性，他要用一種抒情的方法，來展示他個人對時代的憤世之情，但是用抒情的手法來寫自己對於一個時代的感受，其實不是那麼容易的事情。所以說到這裏，下面一個問題就很自然的出來了，那就是：你如果只是寫遊山玩水或者寫幾個探案也就罷了，因為晚清寫探案的比劉鶚精彩的多得多，《九命七冤》，就是一個例子。可是，以遊記的方

式來探討一種意境，而意境背後又影射政治、社會和歷史，
又該怎麼寫？這裏我又有另外一個想法：西方十九世紀末
二十世紀初的小說寫這種東西的很多，可是篇幅都很長，當
然也有例外。它們寫的大都是一個文明的墮落，討論很多思
想問題。我隨便舉一個例子，是本歷史書，叫做《西方的沒
落》（*The Decline of the West*），還有一本小說，講維也納的
衰落，叫做《沒有性格的人》（*The Man without Qualities*），

（上圖）明 張路《騎驢圖》
在《老殘遊記》裏，申子平便
是騎驢登山。

篇幅很大，還是沒有寫完。更熟悉一點的，像是湯瑪斯·曼寫的《威尼斯之死》（*Death in Venice*），稍微短了一點，講的是一個詩人和他的愛慾；還有《魔山》（*The Magic Mountain*），內中討論了很多思想和藝術問題。這種思想性的小說，在晚清絕無僅有，恐怕只有《老殘遊記》中申子平登山遇虎的這幾回有此意味，是最難讀、最難懂，也是抒情意境最好的。

北京故宮博物院

泰州學派 元明以後，佛、道有衰微的趨勢，反之理學勃興，以孔子的倫理思想為核心，吸取釋、道兩家大量的哲學思維，三者逐漸密不可分。泰州學派是王陽明學說的進一步發展，以三教合一論飽受正統理學家批評，但三教思想的融合，是明代思想學術界的普遍風習，三教思想互相援用，亦是當時常見的情景。泰州學派所推動的思想轉折，帶有強烈的近代色彩，成為中國思想史一系列重大變革的先聲。

申子平登山遇虎

這個故事怎麼講呢？就是老殘為了救人，寫了一封信，給山上住的一個大俠，姓劉，如果把這個人找出來的話，就沒有強盜了。所以他就派一個朋友的弟弟，叫申子平，叫他把這封信送去，大俠隱居在山裏面，於是，這位申子平就去了。小說完全沒有講申子平是什麼人，他剛好就來了，所以你可以看得出來，這個人物是作者故意安排的，完全利用他來講這個故事。這個人在冬天——也是冬天——騎了個小驢子，到山上去，從一開始就非常的抒情，完全是一幅山水畫：

「子平進了山口，抬頭看時，只見不遠前面就是一片高山，像架屏風似的，迎面豎起，土石相間，樹木叢雜。卻當大雪之後，石是青的，雪是白的，樹上枝條是黃的，又有許多松柏是綠的，一叢一叢，如畫上點的苔一樣。騎著驢，玩著山景，實在快樂得極，思想作兩句詩，描摹這個景象。」

這個寫法，是和剛剛我講過的大明湖的寫法一樣的，是一種細描，而且用的是非常淺顯的文字。你可以想像這幅畫，一個人在雪地裏面，騎了一匹驢，慢慢慢慢走上去。我以前在芝加哥住的時候，在客廳裏掛了一幅畫，記得好像是徐文長畫的，一個人騎著一隻驢上山，那幅畫裏面沒有雪景，而這裏面還加了一個雪景。申子平到了那裏，而且是晚上到的，月亮出來了，看到雪景。作者描寫了半天，月亮照雪景是怎麼不同。然後呢，突然老虎來了，他對老虎的描寫也非常精彩，可是老虎不吃他。看到這裏，熟讀中國傳統小說的人就知道，這種寫法是在向《水滸傳》中武松打虎的一節挑戰。武松打虎，大家都知道怎麼描寫的，先喝幾碗酒上山，見到一個「母大蟲」，一閃，尾巴一掃，三次就可置於死地。可是這裏寫的老虎已經成了精，牠不傷人的，而且可以飛來飛去。你就能感覺到，山林的靈性已經化進去了。

（右圖）近代 張善孖《虎》張善孖是張大千的哥哥，尤其喜歡畫老虎，自號「虎癡」。

45

為什麼要寫像這樣的老虎？表面的意義是說惡政如猛虎，一個壞的政府，就是比那老虎還壞。可是，它背後還有一層意義：其實老虎不是一個壞的野獸，也不是那麼兇的野獸，如果把它當作一種政治的代言人的話，就變壞了。真正的老虎，就是大自然裏面的萬物之一，這是典型的中國道家心態，或者也可以說是儒家心態，基本上都是一樣，就是萬物本身不是壞的東西，很少有壞的東西。所以申子平吸收了山水的靈性，自己也變了一種仙人的樣子，然後慢慢的就進去了。大家都知道，中國畫山水畫表面上沒有透視 "perspective"，其實是有的，它是照著一個「之」字形轉進去，從下面的前景，慢慢轉上去，轉到後景，因為中國的畫是長方形的，快轉到畫紙上面的時候，就進到一種意境，叢林也好、山谷也好，常會有一個小茅屋，或者有一個人，很自然的融入山景之中。這本小說也是如此，申子平也見到一個小茅屋。他騎著驢子，辛辛苦苦到了那裏，一開門，就進入了仙境了。這個仙境，這一段旅行，非常明顯的是在描繪一個桃花源，作者甚至講出來了：那位仙人黃龍子說，我這首詩寫的，你把它當作桃花源看就好了。可是《桃花源記》裏面，那位漁夫回來之後第二次去找就找不到了，好像是中國式的香格里拉一樣。可是小說裏面這個形象是怎麼樣呢？

申子平、璵姑、黃龍子——儒、道、佛三教合一

根據很多人的研究，我們現在知道，劉鶚所建構出來的這兩個人物，完全是虛構的。特別是那位美女璵姑，我第一次看到璵姑，就差點愛上她了。可是，後來一看別人的研究，原來璵姑是劉鐵雲的一把琴，名叫雲璵，所以璵姑會彈琴。璵姑有個老朋友，形象有點似虯髯客——唐朝傳奇中的虯髯客，可是這個人會畫畫，會寫字，叫做黃龍子。有個朋友就問劉鐵雲，黃龍子這個名字，好像不是一個好名字，不太典雅。我覺得他的問題問錯了，其實是有關係的，因為裏面有

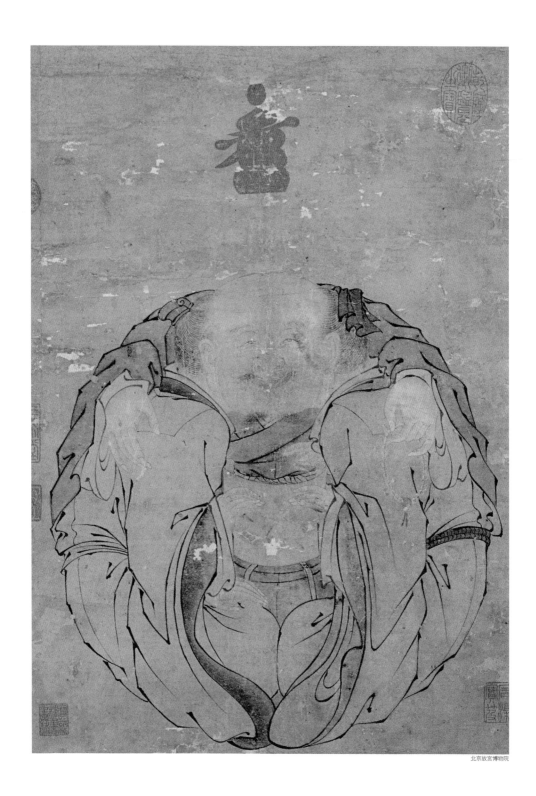

北上辦賑 義和團事起，八國聯軍進入北京後，「海運斷絕，京糧不濟。商人亦以亂未定，相率裹足。倉儲又為外人所據，於是人皆乏食」，劉鶚這時率先籌資購米，北上辦賑，帶動其他人也跟進。同時又設平糶局，防人操縱米價。當時的太倉為俄軍所占，俄軍不食米，想要把太倉付之一炬，劉鶚得知後就聯合其他辦賑之人去談判，「以賤價盡得之，糶諸民，民賴以安」。這後來被袁世凱說是私售倉粟，成為主要罪名之一。（編輯部）

虎的話，就應該有龍。黃龍子是俠客，又有點道家的意味。如果申子平代表的是一種儒家普通的人物，他見到的璵姑和黃龍子，就代表中國文化裏面的另外兩個傳統，就是佛家和道家，儒、道、佛結合在一起，代表的是一種晚明以來的很重要的哲學支流，叫做泰州學派，這個學派的宗旨就是三教合一。他們把王陽明的學問，加上了很多道家和佛家的色彩，認為這三種傳統，是互為表裏、相輔相成的。黃龍子所說的那一套，就是這個三教合一的東西。然而三教合一的泰州學派，在正統的儒家裏面，還是有點旁門左道，並不是所有的儒家都能接受，可是在當時，至少劉鐵雲所接觸的人物裏，占有滿重要的地位。他的兒子曾經做過研究，原來他的幾個朋友，就是泰州學派的人。所以我們有理由可以相信，劉鐵雲自己是受到泰州學派的影響。如果你是學思想史的，再從這個三教合一式的立場來看的話，作為一個知識分子，面對了晚清的這個亂局，會有何感想？你如果是個經世致用的儒家，比較容易做，你可以去開礦，作船堅砲利的實用之學。你可以做嚴復，你可以做梁啟超。你如果是一個經學家，也許可以像康有為一樣，在「今古之爭」中作你的「託古改制」，你可以展現你自己對於將來的想像，寫「大同書」。可是你作為一個泰州學派的人，怎麼來看呢？我覺得是不可能提出一個很實際的方策出來的，也就是說，政治性不是那麼明顯，要用另外一種方法，把自己的政治感覺表現出來。所以這裏面璵姑，特別是黃龍子的那一套論述，表面上看起來很晦澀，其實就是從泰州學派的立場來探討這個問題。這個探討的結果就是第十回中的謎語。

亂世的寓言

謎語裏面，最明顯的就是北拳南革，北方有拳匪之亂，南方也會有亂，這個南方的亂就是指孫中山的革命。劉鐵雲對於當時孫中山的革命，持有一種曖昧的態度：一方面他認為

（右上圖）「北拳南革」是劉鶚在《老殘遊記》裏談到的兩個亂局。孫中山與楊鶴齡（前左一）、陳少白（前右二）、尤列（前右一）的「四大寇」合照。
（右下圖）臨上刑場的義和團民。

北京故宮博物院

北京故宮博物院

TOP PHOTO

（上圖）中國西北煤礦工人棲
身的窰洞。劉鶚曾因主辦山西
煤礦，被斥為賣國。
（右上圖）袁世凱賦閒時拍攝
的垂釣圖。攝於1910年，劉
鶚死後第二年。
（右下圖）清末戶部銀行具有
國家中央銀行的性質。這是他
們發行的五元兌換券。

革命是一種亂局，他不贊成，另外一方面他覺得清朝已經這
麼頹敗，一定要重新改革。所以有人說他是新黨，他也參加
過維新運動，主張變革，他是屬於改良派。可是，在這個小
說裏面，這幾回裏面所描寫的，不是提出什麼具體的改良意
見，而是從一個哲學上來探討中國將來的命運。可是結論是
什麼呢？就是將來有大亂，這是命定的。他是怎麼算呢？他
用甲子的算法，天干地支的算法，就是每隔多少年有一次大
亂，他說是六十年，人的一甲子就是六十年。然後呢，有小
亂。所以再過幾年就會大亂了，這一點他幾乎是猜對了，因
為這本小說是1904到05年寫的，1911年就是辛亥革命，所
以他說再過幾年就有大亂，是猜對了。可是，他下面說這個
亂是不會成功的，慢慢會消了下來，這個他猜錯了，這一點
胡適早已經指正了。因為中華民國建立後，一直持續了好多
年。我覺得劉鐵雲的這種猜測，其實是一個寓言式的東西，
不是說就像推背圖一樣的算命，今年會發生什麼什麼，而是
一種意境式的、寓言式的，甚至是一種哲學式的反思，並以
此來反省中國的治亂輪迴。生於亂世，感覺又是如何呢？所
以又回到一個我所說的抒情的傳統裏面來了。但是到了最
後，也許是出於偶然，也許是為了迎合當時讀者的需要，還
是寫了一個探案。

白大人探案

劉鶚既然是一個改良主義者，那麼就做一些切實的事情
吧！於是他就用這個探案的例子，來批評當時官場的腐敗。
特別是那些亂整人的清官。他介紹的一種探案的方法，其實
是滿新穎的。這個方法是什麼呢？是一種推理，甚至可以說
是一種科學推理，要有證據。你看當時包公探案，是不用證
據的，包公探案就是先把你嚇唬一下子，到了地獄了，把人
嚇壞了，然後包公才有威風！可是這本小說介紹一位白大人
來，他完全看證據，而最後終於找到了殺人犯，雖然花了

TOP PHOTO

北京故宮博物院

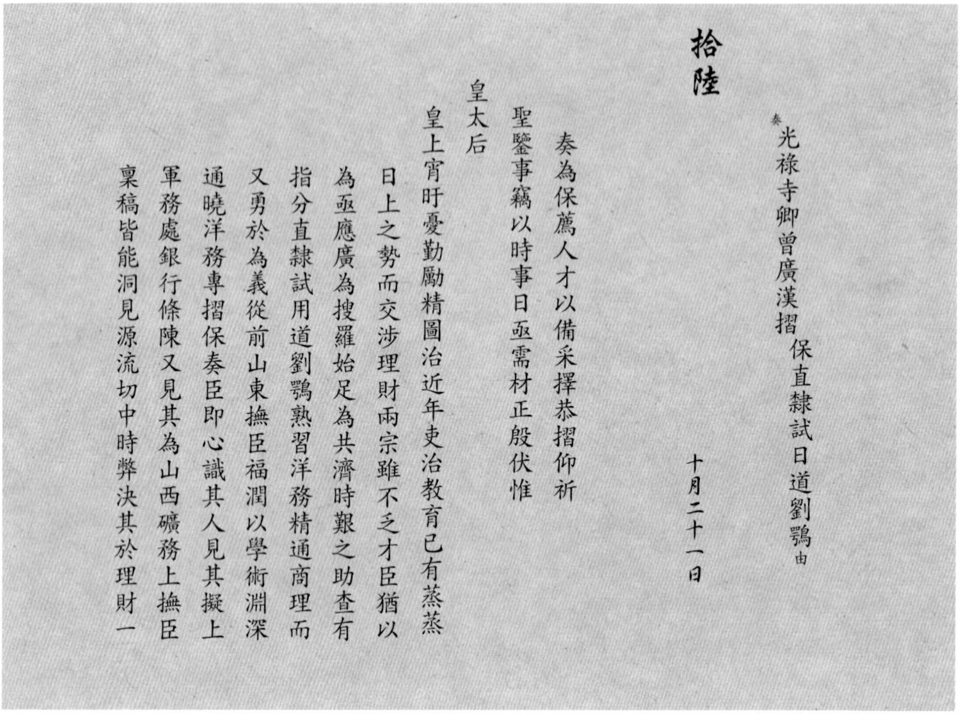

拾陸

奏 光祿寺卿曾廣漢摺 保直隸試日道劉鶚 由

十月二十一日

奏為保薦人才以備采擇恭摺仰祈
聖鑒事竊以時事日亟需材正殷伏惟
皇太后
皇上宵旰憂勤勵精圖治近年吏治教育已有蒸蒸
日上之勢而交涉理財兩宗雖不乏才臣猶以
為亟應廣為搜羅始足為共濟時艱之助查有
指分直隸試用道劉鶚熟習洋務精通商理而
又勇於為義從前山東撫臣福潤以學術淵深
通曉洋務專摺保奏臣即心識其人見其擬上
軍務處銀行條陳又見其為山西礦務上撫臣
稟稿皆能洞見源流切中時弊決其於理財一

流放新疆 劉鶚曾因「熟習洋務，精通商理，而又勇於為義」受到保奏。但後來又兩度被時在軍機處的袁世凱密令逮捕。第一次有人力保得免，第二次受命的兩江總督端方雖然特意事前透過他人示警，但可惜陰錯陽差，送信人受阻於劉鶚的下人，因而被捕，流放新疆。次年即死於迪化。（編輯部）

（上圖）保奏函的部分內容。
（右圖）袁世凱第一次密令的內容。二份密函的原件現藏於台北故宮。

很大工夫。用香港電影的說法，「臥底」派一個人，假裝強盜，去賭博，結果和兇手變成好朋友。這個簡直像是香港電影的情節。最後找到了原來那個壞人，他把一家十三口殺掉，其實用的是一種藥。這個藥呢，讓人暫時的好像死了一樣，但再過了幾十天，聞到了還魂香的時候，就會復活了。這簡直是一個很奇怪的東西。我常在想，如果我要做點考證的話，就研究這個藥是從哪裏來的！小說裏面說這種藥是山上來的，山上有一種草。所以在最後一回，碰到另外一條「龍」了，叫做青龍子，那位青龍子，知道解藥的所在，所以前面的黃龍子是講政治的解藥，後面的青龍子是講探案的解藥。證據人贓俱在，證據找到，藥也找到了。可是在這個探案的過程裏面，大家如果注意的話，還有一個名字，叫做福爾摩斯。這個是英國的名偵探Sherlock Holmes，這位英國偵探竟然在中國的小說裏面出現了！就這麼一次，表示老殘

廿七

外務部
再已革知府劉鶚即劉鐵雲於光緒二十四年間
朦混山西巡撫胡聘之允許福公司借款辦礦
並希圖承辦雲南礦務經山西京官鄧彥雲
南舉人沈鳌章等先後聯銜具呈都察院代奏
以該員蟄斷礦利貽禍晉滇請查挐遞解回籍
交地方官嚴加管束各摺片軍機大臣面奉
諭旨著總理各國事務衙門查明辦理欽此歷經查
挐未獲本年正月十一日奉
上諭已革知府劉鶚瞻大貪劣狠為奸著永不敘
用等因欽此伏查該革員貪鄙謬妄不止一端當
庚子之亂更名來京盜賣倉米上年夏間復在
韓國私設鹽運會社購運邊鹽出境種種行為
均係營私逍法勾結外人貽患民生肆無忌憚
若任其逍遙法外實不足以懲奸愿而微效尤
現接准南洋大臣端方電稱該革員因浦口議
開商埠來甯具呈報劾地欽經臣等電復密飭
查挐先行看管應如何懲辦之處伏候
命下即由臣部電知南洋大臣遵照施行為此附片

有一種福爾摩斯的能耐。福爾摩斯代表的就是推理，福爾摩斯自己不是一個俠客，他不是包公，他是一個極有理性的人物。劉鐵雲博覽群書，他知道當時晚清大家很喜歡看福爾摩斯。用這種探案方式，其實已經為當時的政治帶進了一個新的因素，就是西方理性的因素，西方科學的因素。不是像以前傳統的判案方法。這是當時新政的一部分。包括將來的君主立憲，包括練兵、開礦，整整一套的東西。

所以我覺得用這個方式來看的話，其實也滿有意思。你如果只看情節的話，大概一猜就差不多了。好在，住在香港的何冀平女士，把這個探案改編得非常精采，在她的劇本裏面，就是以這個探案為主，把整個探案變成話劇，然後把青龍子的那個角色加重，和黃龍子變成一個人物。最後，老殘乾脆就跟著青龍子歸山退隱去了。這是何女士一個新的結尾，不是小說裏面原有的。小說看到這裏，我第一次看時就

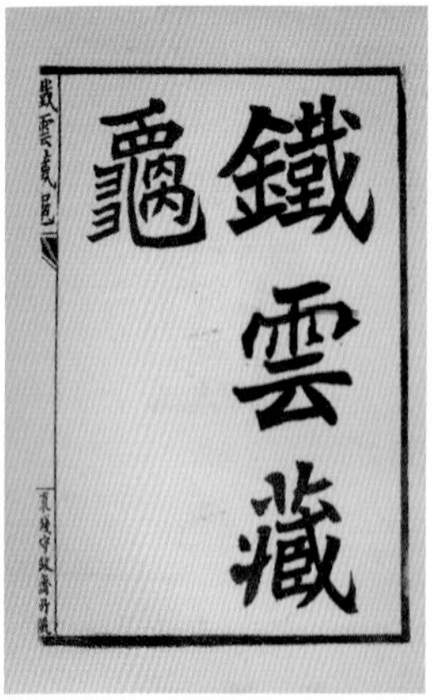

覺得，是一個反高潮，文字沒有以前好。我這次再看才發現，也許這個小說的歷史性，就在於此。不然的話，我們可以把這部小說看成宋朝的小說，當然語言不太一樣。那麼它的歷史性到底如何解釋？

歷史和夢

怎麼從一本廿回散文體的小說中發現它的意義？除了政治和影射——小說中的某些人物影射歷史現實中的人物——之外，還有什麼其他途徑可循呢？

因「老殘」這個名字，作者指的是一種心態，所謂「殘局已盡」，這是清末的大殘局，已經到了盡頭。全書開頭老殘做了一個夢，夢見一條洪波巨浪中的船，船身二十三四丈，前後六條桅桿，掛著六扇舊帆，又有兩根新桅，船的東邊有一塊，約三丈長短，已經破壞……於是不少研究者——包括劉鶚的兒子——都認為這是當時清帝國的隱喻，「二十三四丈」指的是二十三四省，六扇舊帆是政府的六部，東邊三丈長的一塊指的是東三省等等，這種「對號入座」法，我認為意義不大。其實船的意象也見於晚清的其他小說，例如李伯元的《文明小史》的「楔子」中，也有條船，說作者自己坐在船上，長日當空，忽來一片烏雲，要下大雨了，象徵意義與《老殘遊記》異曲同工，甚至說得很明顯：「請教諸公，我們今日的世界，到了什麼時候了？」，於是有一個人說：「老大帝國，未必轉老還童」，又有一個人說：「幼稚時代，不難由少而壯」。但《老殘遊記》寫得更含蓄，開始時老殘還不知道自己在做夢。於是我就想：這一段歷史，是不是可以用夢的方式來處理？整個晚清亂局，在小說家眼中就是一場噩夢，而夢和現實的關係還是很密切的，甚至申子平登山遇虎、見到璵姑和黃龍子，也可以是一場夢。

夢和歷史的關係呢？表面上看來，全是不相干的事情，但我們的劉鐵雲先生卻不以為然。人生本來如夢，他在二編的

鐵雲藏龜 劉鶚搜藏骨董，無所不包。在北京、南京、蘇州、上海等地都有房子分藏。書畫、碑帖、鐘鼎、磚瓦、帛布、印章、樂器固然都是他的目標，最值得佩服的是，他對甲骨和泥封的注意，開前人未有的眼界。當河南剛出現甲骨文的時候，很多人「都不相信龜甲獸骨能在地下埋幾千年」，劉鶚是最早相信的人，是中國開啟甲骨文研究的第一人，著有《鐵雲藏龜》。連甲骨文大家羅振玉，都是因為讀《鐵雲藏龜》而踏上了往這方面研究之路。（編輯部）

（上圖）《鐵雲藏龜》
（右圖）《鐵雲藏龜》

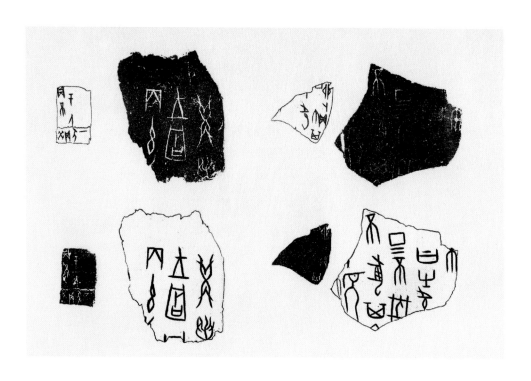

自序中説得更清楚，且讓我引一段：

「夫夢之情境，雖已為幻為虛，不可復得，而敘述夢中情
境之我，固儼然其猶在也。若百年後之我，且不知其歸於何
所，雖有此如夢之百年之情境，更無敘述此情境之我而敘述
之矣。是以人生百年，比之於夢，猶覺百年更虛於夢也。」

這段話甚有哲理，而且更有文學意味，因為劉鶚特別強調
夢和敘述者──「我」──之間的弔詭：現在有我在，但情
境如夢，百年之後我都不知道跑到哪裏去了，如何介紹給百
年之後的讀者？所以他説：「人生百年，比之於夢，猶覺百
年更虛於夢也！」也許，在2009年──恰好是這本小説誕生
之後的一百年──我們來回顧這一百年的變化，包括劉鐵雲
五十二年的生命，都是一場夢。我們也可以説，百年歷史也
可能「虛於夢」，唯有把它敘述出來，才是「實」的，因為

敘述者的存在是一種真實的保障，然而如今作者已死，又當如何追溯這「如夢之百年之情境」？也許歷史就是一個時代人所做的集體夢，甚至包括對將來的夢？講到這裏，我們就進入班雅明（Walter Benjamin）的境界了，在此不能多談。

這百年歷史是近代史，對我們應該是很近的，可是現在看起來又覺得很遠，劉鶚筆下的老殘世界好像早已不存在了。我曾問一位年輕記者，你去過大明湖沒有？她說去過，我問是什麼樣子，她說沒有什麼，都是高樓大廈嘍，還有什麼「一城山色半城湖」！也許，正如劉鐵雲所說，這一切良辰美景、湖光山色，到如今都變成一場夢，有誰能像老殘那樣重新體驗呢？

所以，當香港的名導演毛俊輝先生把何冀平女士的劇本重新搬上舞台的時候，特別把一個生活在現代香港的演員放在前台，然後一步一步走進去，開始扮演老殘的角色，這是一種極有意義的「間離手法」。相形之下，一般研究《老殘遊記》的人，都在做考證，容我說一句大膽話，都太古板了，沒有抓到文學和藝術的一面——一種抒情的夢境。

結論：喚回抒情的美學

歷史可以是實的，也可以是虛的，端看一個文學家怎麼寫。我們熟悉的晚清小說，如《孽海花》和《官場現形記》都是「野史」，是根據當時的現實情況演繹出來的，唯有《老殘遊記》不然，它用一種抒情手法，把當時的現實「美化」，變成一幅歷史的山水畫。如果是在漢唐盛世，這種山水畫可以拿來共享，但到了十八世紀曹雪芹寫《紅樓夢》的時候，已經是在追憶似水年華，但大觀園中的那個抒情意境還是完美的。然而到了清末的《老殘遊記》，這個抒情意境本身已經殘缺了，這個殘缺意境的背後，是一個歷史的陰影，小說越抒情，陰影越大，但劉鶚並沒有把當時的歷史危機的現實——諸如拳匪之亂、八國聯軍、戊戌變法、孫中山

的革命——寫出來，只是從一首詩中略作影射，這並不表示作者會置身度外，因為我們知道劉鶚本人熟悉鐵路、採礦、冶鹽之術，也參加過這一類的工作，只不過是他後來生意失敗了，被流放到新疆，鬱鬱而死。正因為在文本中他不寫，這個亂局的陰影反而和抒情的意境之間形成一種緊張，表面上越平和，你越覺得背後的亂性越大。有時我想到同一時期的奧匈帝國和世紀末的維也納文化，可謂頹廢之美強到極點，也更危機四伏，這個比較，恐怕需要進一步探討才行。

最後，我想做一個小小的結論。也回到王德威的意見，他引用了捷克學者普宗克（Jaroslav Prusek）關於「抒情」和「史詩」的兩模式並將之引伸，認為中國現代文學，到了二十世紀，已經進入一個史詩式的文學時代，也就是革命時代，這個大時代是需要投入的，小說是寫實的，社會性的，似乎是繼「抒情」時代以後的東西，二者互相取代。王德威再三探討論證的是，在這個史詩時代，抒情的意義是什麼？為什麼還要抒情？我對王德威看法的感覺是：其實抒情是中國最古老的文學藝術傳統，即使山水畫也有它永恆的美學意義，是不容取代的，甚至可以超越歷史和現實，譬如曹植的詩中所達到的最高意境。照另一位名學者高友工的說法，這是一種「美典」。我又覺得，反而在史詩時代，危機四伏時，抒情的作用才更珍貴，它甚至可以變成表現歷史危機的另一種方式，猶如頹廢是現代性的另一面一樣。

我們現在所處的二十世紀所面臨的是另一種危機，老大衰敗的中國富強了，世界全球化了，人們生活在逸樂之中，毫無危機感，更談不上什麼史詩和抒情，只有享受和欲望，還有什麼好哭的？說不定現在很多中學生如果讀到老殘哭泣或淚結凍於面，會覺得好笑！這個抒情的靈性早已失落了，因為它和商品經濟、物質文明竟無關聯，這一種美感的消失，我認為反而是當今最大的危機。也許，在二十一世紀初，我們正應該喚回一點百年前劉鶚和老殘所感受到的抒情美夢。■

故事繪圖

老殘山水畫

謝祖華

英國普利茅斯大學平面設計系畢業。專業插畫家。愛書人、攝影迷。

繪有《風島飛起來了》、《我愛藍樹林》、《紅瓦房》、英譯本《橘子紅了》等書。

土不制水歷年成患　風能鼓浪到處可危

歷山山下古帝遺蹤　明湖湖邊美人絕調

宮保愛才求賢若渴　太尊治盜疾惡如仇

桃花山月下遇虎　柏樹岰雪中訪賢

一客吟詩負手面壁　三人品茗促膝談心

驪龍雙珠光照琴瑟　犀牛一角聲葉箜篌

寒風凍塞黃河水　暖氣催成白雪辭

大縣若蛙半浮水面　小船如蟻分送饅頭

白太守談笑釋奇冤　鐵先生風霜訪大案

原典選讀

劉鶚原著

第二回

歷山山下
古帝遺蹤
明湖湖邊
美人絕調

話說老殘在漁船上被眾人砸得沉下海去，自知萬無生理，只好閉著眼睛，聽他怎樣。覺得身體如落葉一般，飄飄蕩蕩，頃刻工夫沉了底了。只聽耳邊有人叫道：「先生，起來罷！先生，起來罷！天已黑了，飯廳上飯已擺好多時了。」老殘慌忙睜開眼睛，楞了一楞道：「呀！原來是一夢！」

自從那日起，又過了幾天，老殘向管事的道：「現在天氣漸寒，貴居停的病也不會再發，明年如有委用之處，再來效勞。目下鄙人要往濟南府去看看大明湖的風景。」管事的再三挽留不住，只好當晚設酒餞行。封了一千兩銀子奉給老殘，算是醫生的酬勞。老殘略道一聲「謝謝」，也就收入箱籠，告辭動身上車去了。

一路秋山紅葉，老圃黃花，頗不寂寞。到了濟南府，進得城來，家家泉水，戶戶垂楊，比那江南風景，覺得更為有趣。到了小布政司街，覓了一家客店，名叫高陞店，將行李卸下，開發了車價酒錢，胡亂吃點晚飯，也就睡了。

次日清晨起來，吃點兒點心，便搖著串鈴滿街踅了一趟，虛應一應故事。午後便步行至鵲華橋邊，雇了一隻小船，盪起雙槳，朝北不遠，便到歷下亭前。下船進去，入了大門，便是一個亭子，油漆已大半剝蝕。亭子上懸了一副對聯，寫的是「歷下此亭古，濟南名士多」，上寫著「杜工部句」，下寫

著「道州何紹基書」。亭子旁邊雖有幾間房屋，也沒有甚麼意思。復行下船，向西瀁去，不甚遠，又到了鐵公祠畔。你道鐵公是誰？就是明初與燕王為難的那個鐵鉉。後人敬他的忠義，所以至今春秋時節，土人尚不斷的來此進香。

到了鐵公祠前，朝南一望，只見對面千佛山上，梵宇僧樓，與那蒼松翠柏，高下相間，紅的火紅，白的雪白，青的靛青，綠的碧綠，更有那一株半株的丹楓夾在裏面，彷彿宋人趙千里的一幅大畫，做了一架數十里長的屏風。正在嘆賞不絕，忽聽一聲漁唱，低頭看去，誰知那明湖業已澄淨得同鏡子一般。那千佛山的倒影映在湖裏，顯得明明白白，那樓台樹木，格外光彩，覺得比上頭的一個千佛山還要好看，還要清楚。這湖的南岸，上去便是街市，卻有一層蘆葦，密密遮住。現在正是開花的時候，一片白花映著帶水氣的斜陽，好似一條粉紅絨毯，做了上下兩個山的墊子，實在奇絕。

老殘心裏想道：「如此佳景，為何沒有什麼遊人？」看了一會兒，回轉身來，看那大門裏面楹柱上有副對聯，寫的是「四面荷花三面柳，一城山色半城湖」，暗暗點頭道：「真正不錯！」進了大門，正面便是鐵公享堂，朝東便是一個荷池。繞著曲折的迴廊，到了荷池東面，就是個圓門。圓門東邊有三間舊房，有個破匾，上題「古水仙祠」四個字。

祠前一副破舊對聯，寫的是「一盞寒泉薦秋菊，三更畫舫穿藕花」。過了水仙祠，仍舊上了船，盪到歷下亭的後面。兩邊荷葉荷花將船夾住，那荷葉初枯，擦得船嗤嗤價響；那水鳥被人驚起，格格價飛；那已老的蓮蓬，不斷的蹦到船窗裏面來。老殘隨手摘了幾個蓮蓬，一面吃著，一面船已到了鵲華橋畔了。

到了鵲華橋，才覺得人煙稠密，也有挑擔子的，也有推小車子的，也有坐二人抬小藍呢轎子的。轎子後面，一個跟班的戴個紅纓帽子，膀子底下夾個護書，拚命價奔，一面用手擦汗，一面低著頭跑。街上五六歲的孩子不知避人，被那轎夫無意踢倒一個，他便哇哇的哭起。他的母親趕忙跑來問：「誰碰倒你的？誰碰倒你的？」那個孩子只是哇哇的哭，並不說話。問了半天，才帶哭說了一句道：「抬轎子的！」他母親抬頭看時，轎子早已跑得有二里多遠了。那婦人牽了孩子，嘴裏不住咭咭咕咕的罵著，就回去了。

老殘從鵲華橋往南，緩緩向小布政司街走去。一抬頭，見那牆上貼了一張黃紙，有一尺長，七八寸寬的光景。居中寫著「說鼓書」三個大字，旁邊一行小字是「二十四日明湖居」。那紙還未十分乾，心知是方才貼的，只不知道這是什麼事情，別處也沒有見過這樣招子。一路走著，一路盤算，只聽

得耳邊有兩個挑擔子的說道：「明兒白妞說書，我們可以不必做生意，來聽書罷。」又走到街上，聽鋪子裏櫃台上有人說道：「前次白妞說書是你告假的，明兒的書，應該我告假了。」一路行來，街談巷議，大半都是這話，心裏詫異道：「白妞是何許人？說的是何等樣書，為甚一紙招貼，便舉國若狂如此？」信步走來，不知不覺已到高陞店口。

進得店去，茶房便來回道：「客人，用什麼夜膳？」老殘一一說過，就順便問道：「你們此地說鼓書是個什麼玩意兒，何以驚動這麼許多的人？」茶房說：「客人，你不知道。這說鼓書本是山東鄉下的土調，用一面鼓、兩片梨花簡，名叫『梨花大鼓』，演說些前人的故事。本也沒甚稀奇，自從王家出了這個白妞、黑妞姊妹兩個，這白妞名字叫做王小玉，此人是天生的怪物！她十二三歲時就學會了這說書的本事。她卻嫌這鄉下的調兒沒什麼出奇，她就常到戲園裏看戲，所有什麼西皮、二黃、梆子腔等唱。一聽就會；什麼余三勝、程長庚、張二奎等人的調子，她一聽也就會唱。仗著她的喉嚨，要多高有多高；她的中氣，要多長有多長。她又把那南方的什麼崑腔、小曲，種種的腔調，她都拿來裝在這大鼓書的調兒裏面。不過二三年工夫，創出這個調兒，竟至無論南北高下的人，聽了她唱書，無不神魂顛倒。現在已有招子，明兒就唱。你

不信，去聽一聽就知道了。只是要聽還要早去，她雖是一點鐘開唱，若到十點鐘去，便沒有座位的。」老殘聽了，也不甚相信。

次日六點鐘起，先到南門內看了舜井。又出南門，到歷山腳下，看看相傳大舜昔日耕田的地方。及至回店，已有九點鐘的光景。趕忙吃了飯，走到明湖居，才不過十點鐘時候。那明湖居本是個大戲園子，戲台前有一百多張桌子。哪知進了園門，園子裏面已經坐得滿滿的了。只有中間七八張桌子還無人坐，桌子卻都貼著「撫院定」、「學院定」等類紅紙條兒。老殘看了半天，無處落腳，只好袖子裏送了看座兒的二百個錢，才弄了一張短板凳，在人縫裏坐下。看那戲台上，只擺了一張半桌，桌子上放了一面板鼓，鼓上放了兩個鐵片兒，心裏知道這就是所謂梨花簡了。旁邊放了一個三弦子，半桌後面放了兩張椅子，並無一個人在台上。偌大的個戲台，空空洞洞，別無他物，看了不覺有些好笑。園子裏面，頂著籃子賣燒餅油條的有一二十個，都是為那不吃飯來的人買了充飢的。

到了十一點鐘，只見門口轎子漸漸擁擠，許多官員都著了便衣，帶著家人，陸續進來。不到十二點鐘，前面幾張空桌俱已滿了，不斷還有人來，看座兒的也只是搬張短凳，在夾縫中安插。這一群人來了，彼此招呼，有打千兒的，有作揖的，大半打千

兒的多。高談闊論，說笑自如。這十幾張桌子外，看來都是做生意的人，又有些像是本地讀書人的樣子，大家都喊喊喳喳的在那裏說閒話。因為人太多了，所以說的什麼話都聽不清楚，也不去管他。

到了十二點半鐘，看那台上，從後台簾子裏面，出來一個男人。穿了一件藍布長衫，長長的臉兒，一臉疙瘩，彷彿風乾福橘皮似的，甚為醜陋，但覺得那人氣味倒還沉靜。出得台來，並無一語，就往半桌後面左手一張椅子上坐下。慢慢的將三弦子取來，隨便和了和弦，彈了一兩個小調，人也不甚留神去聽。後來彈了一支大調，也不知道叫什麼牌子。只是到後來，全用輪指，那抑揚頓挫，入耳動心，恍若有幾十根弦，幾百個指頭在那裏彈似的。這時台下叫好的聲音不絕於耳，卻也壓不下那弦子去。這曲彈罷，就歇了手，旁邊有人送上茶來。

停了數分鐘時，簾子裏面出來一個姑娘，約有十六七歲，長長鴨蛋臉兒，梳了一個抓髻，戴了一副銀耳環，穿了一件藍布外褂兒，一條藍布褲子，都是黑布鑲滾的。雖是粗布衣裳，倒十分潔淨。來到半桌後面右手椅子上坐下。那彈弦子的便取了弦子，錚錚鏦鏦彈起。這姑娘便立起身來，左手取了梨花簡，夾在指頭縫裏，便叮叮噹噹的敲，與那弦子聲音相應。右手持了鼓捶子，凝神聽那弦子的節奏。忽羯鼓一聲，歌喉遽發，字字清脆，聲聲宛

轉，如新鶯出谷，乳燕歸巢，每句七字，每段數十句，或緩或急，忽高忽低。其中轉腔換調之處，百變不窮，覺一切歌曲腔調俱出其下，以為觀止矣。

旁座有兩人，其一人低聲問那人道：「此想必是白妞了罷？」其一人道：「不是。這人叫黑妞，是白妞的妹子。她的調門兒都是白妞教的，若比白妞，還不曉得差多遠呢！她的好處人說得出，白妞的好處人說不出；她的好處人學得到，白妞的好處人學不到。你想，這幾年來，好玩耍的誰不學她們的調兒呢？就是窯子裏的姑娘，也人人都學，只是頂多有一兩句到黑妞的地步。若白妞的好處，從沒有一個人能及她十分裏的一分的。」說著的時候，黑妞早唱完，後面去了。這時滿園子裏的人，談心的談心，說笑的說笑。賣瓜子、落花生、山裏紅、核桃仁的，高聲喊叫著賣，滿園子裏聽來都是人聲。

正在熱鬧烘烘的時節，只見那後台裏，又出來了一位姑娘，年紀約十八九歲，裝束與前一個毫無分別。瓜子臉兒，白淨面皮，相貌不過中人以上之姿，只覺得秀而不媚，清而不寒。半低著頭出來，立在半桌後面，把梨花簡叮噹了幾聲。煞是奇怪，只是兩片頑鐵，到她手裏，便有了五音十二律似的。又將鼓捶子輕輕的點了兩下，方抬起頭來，向台下一盼。那雙眼睛，如秋水，如寒星，如寶珠，

如白水銀裏頭養著兩丸黑水銀，左右一顧一看，連那坐在遠遠牆角子裏的人，都覺得王小玉看見我了，那坐得近的更不必說。就這一眼，滿園子裏便鴉雀無聲，比皇帝出來還要靜悄得多呢，連一根針跌在地下都聽得見響！

王小玉便啟朱唇，發皓齒，唱了幾句書兒。聲音初不甚大，只覺入耳有說不出來的妙境。五臟六腑裏，像熨斗熨過，無一處不伏貼。三萬六千個毛孔，像吃了人參果，無一個毛孔不暢快。唱了十數句之後，漸漸的越唱越高，忽然拔了一個尖兒，像一線鋼絲拋入天際，不禁暗暗叫絕。哪知她於那極高的地方，尚能迴環轉折。幾囀之後，又高一層，接連有三四疊，節節高起。恍如由傲來峰西面攀登泰山的景象，初看傲來峰削壁千仞，以為上與天通。及至翻到傲來峰頂，才見扇子崖更在傲來峰上。及至翻到扇子崖，又見南天門更在扇子崖上。越翻越險，越險越奇。

那王小玉唱到極高的三四疊後，陡然一落，又極力騁其千迴百折的精神，如一條飛蛇在黃山三十六峰半中腰裏盤旋穿插。頃刻之間，周匝數遍。從此以後，越唱越低，越低越細，那聲音漸漸的就聽不見了。滿園子的人都屏氣凝神，不敢少動。約有兩三分鐘之久，彷彿有一點聲音從地底下發出。這一出之後，忽又揚起，像放那東洋煙火，一個彈子上

天，隨化作千百道五色火光，縱橫散亂。這一聲飛起，即有無限聲音俱來並發。那彈弦子的亦全用輪指，忽大忽小，同她那聲音相和相合，有如花塢春曉，好鳥亂鳴。耳朵忙不過來，不曉得聽哪一聲的為是。正在撩亂之際，忽聽霍然一聲，人弦俱寂。這時台下叫好之聲，轟然雷動。

停了一會，鬧聲稍定，只聽那台下正座上，有一個少年人，不到三十歲光景，是湖南口音，說道：「當年讀書，見古人形容歌聲的好處，有那『餘音繞梁，三日不絕』的話，我總不懂。空中設想，餘音怎樣會得繞梁呢？又怎會三日不絕呢？及至聽了小玉先生說書，才知古人措辭之妙。每次聽她說書之後，總有好幾天耳朵裏無非都是她的書，無論做什麼事，總不入神，反覺得『三日不絕』，這『三日』二字下得太少，還是孔子『三月不知肉味』，『三月』二字形容得透徹些！」旁邊人都說道：「夢湘先生論得透闢極了！『於我心有戚戚焉』！」

說著，那黑妞又上來說了一段，底下便又是白妞上場。這一段，聞旁邊人說，叫做「黑驢段」。聽了去，不過是一個士子見一個美人，騎了一個黑驢走過去的故事。將形容那美人，先形容那黑驢怎樣怎樣好法，待鋪敘到美人的好處，不過數語，這段書也就完了。其音節全是快板，越說越快。白香山詩云：「大珠小珠落玉盤。」可以盡之。其妙處在說

得極快的時候，聽的人彷彿都趕不上聽，她卻字字清楚，無一字不送到人耳輪深處。這是她的獨到，然比著前一段卻未免遜一籌了。

　　這時不過五點鐘光景，算計王小玉應該還有一段。不知那一段又是怎樣好法，究竟如何，且聽下回分解。

第八回

桃花山
月下遇虎

柏樹峪
雪中訪賢

話說老殘聽見店小二來告，說曹州府有差人來尋，心中甚為詫異：「難道玉賢竟拿我當強盜待嗎？」及至步回店裏，見有一個差人，趕上前來請了一個安。手中提了一個包袱，提著放在旁邊椅子上，向懷內取出一封信來，雙手呈上，口中說道：「申大老爺請鐵老爺安！」老殘接過信來一看，原來是申東造回寓，店家將狐裘送上，東造甚為難過，繼思狐裘所以不肯受，必因與行色不符。因在估衣鋪內選了一身羊皮袍子馬褂，專差送來。並寫明如再不收，便是絕人太甚了。

老殘看罷，笑了一笑，就向那差人說：「你是府裏的差嗎？」差人回說：「是曹州府城武縣裏的壯班。」老殘遂明白，方才店小二是漏掉下三字了。當時寫了一封謝信，賞了來差二兩銀子盤費，打發去後，又住了兩天。方知這柳家書，確係關鎖在大箱子內，不但外人見不著，就是他族中人，亦不能得見。悶悶不樂，提起筆來，在牆上題一絕道：

滄葦遵王士禮居，藝芸精舍四家書。
一齊歸入東昌府，深鎖嬛嬛飽蠹魚！

題罷，唏噓了幾聲，也就睡了。暫且放下。

卻說那日東造到府署稟辭，與玉公見面，無非勉勵些「治亂世用重刑」的話頭。他姑且敷衍幾

句，也就罷了。玉公端茶送出，東造回到店裏，掌櫃的恭恭敬敬將袍子一件、老殘信一封，雙手奉上。東造接來看過，心中悒悒不樂。適申子平在旁邊，問道：「大哥何事不樂？」東造便將看老殘身上著的仍是棉衣，故贈以狐裘，並彼此辯論的話述了一遍，道：「你看，他臨走到底將這袍子留下，未免太矯情了！」子平道：「這事大哥也有點失於檢點。我看他不肯，有兩層意思，一則嫌這裘價值略重，未便遽受；二則他受了，也實無用處。斷無穿狐皮袍子，配上棉馬褂的道理。大哥既想略盡情誼，宜叫人去覓一套羊皮袍子、馬褂，或布面子，或繭紬面子均可。差人送去，他一定肯收。我看此人並非矯飾作偽的人，不知大哥以為何如？」東造說：「很是，很是。你就叫人照樣辦去。」

子平一面辦妥，差了個人送去，一面看著乃兄動身赴任。他就向縣裏要了車，輕車簡從的向平陰進發。到了平陰，換了兩部小車，推著行李，在縣裏要了一匹馬騎著。不過一早晨，已經到了桃花山腳下。再要進去，恐怕馬也不便。幸喜山口有個村莊，只有打地鋪的小店，沒法，暫且歇下。向村戶人家雇了一條小驢，將馬也打發回去了。打過尖，吃過飯，向山裏進發。才出村莊，見面前一條沙河，有一里多寬，卻都是沙，惟有中間一線河身，土人架了一個板橋，不過丈數長的光景。橋下河裏

雖結滿了冰，還有水聲，從那冰下潺潺的流，聽著像似環佩搖曳的意思。知道是水流帶著小冰，與那大冰相撞擊的聲音了。過了沙河，即是東峪。原來這山從南面迤邐北來，中間龍脈起伏，一時雖看不到，只是這左右兩條大峪，就是兩批長嶺，崗巒重沓，到此相交。除中峰不計外，左邊一條大谿河，叫東峪；右邊一條大谿河，叫西峪。兩峪裏的水，在前面相會，併成一谿，左環右轉，彎了三彎，才出谿口。出口後，就是剛才所過的那條沙河了。

子平進了山口，抬頭看時，只見不遠前面就是一片高山，像架屏風似的，迎面豎起，土石相間，樹木叢雜。卻當大雪之後，石是青的，雪是白的，樹上枝條是黃的，又有許多松柏是綠的，一叢一叢，如畫上點的苔一樣。騎著驢，玩著山景，實在快樂得極，思想作兩句詩，描摹這個景象。正在凝神，只聽殼鐸一聲，覺得腿襠裏一軟，身子一搖，竟滾下山澗去了。幸喜這路本在澗旁走的，雖滾下去，尚不甚深。況且澗裏兩邊的雪本來甚厚，只為面上結了一層薄冰，做了個雪的包皮。子平一路滾著，那薄冰一路破著，好像從有彈簧的褥子上滾下來似的。滾了幾步，就有一塊大石將他攔住，所以一點沒有碰傷。連忙扶著石頭，立起身來，哪知把雪倒戳了兩個一尺多深的窟窿。看那驢子在上面，兩隻前蹄已經立起，兩隻後蹄還陷在路旁雪裏，不得動

彈。連忙喊跟隨的人，前後一看，並那推行李的車子，影響俱無。

你道是什麼緣故呢？原來這山路，行走的人本來不多，故那路上積的雪，比旁邊稍微淺些，究竟還有五六寸深。驢子走來，一步步的不甚吃力。子平又貪看山上雪景，未曾照顧後面的車子，可知那小車輪子，是要壓到地上往前推的，所以積雪的阻力顯得很大。一人推著，一人挽著，尚走得不快，本來去驢子已落後有半里多路了。

申子平陷在雪中，不能舉步，只好忍著性子，等小車子到。約有半頓飯工夫，車子到了，大家歇下來想法子。下頭人固上不去，上頭的人也下不來。想了半天，說：「只好把捆行李的繩子解下兩根，接續起來，將一頭放了下去。」申子平自己繫在腰裏，那一頭，上邊四五個人齊力收繩，方才把他吊了上來。跟隨人替他把身上雪撲了又撲，然後把驢子牽來，重復騎上，慢慢的行。

這路雖非羊腸小道，然忽而上高，忽而下低，石頭路徑，冰雪一凍，異常的滑。自飯後一點鐘起身，走到四點鐘，還沒有十里地。心裏想道：「聽村莊上人說，到山集不過十五里地，然走了三個鐘頭，才走了一半。」冬天日頭本容易落，況又是個山裏，兩邊都有嶺子遮著，越黑得快。一面走著，一面的算，不知不覺，那天已黑下來了。勒住了驢

韁，同推車子商議道：「看看天已黑下來了，大約還有六七里地呢，路又難走，車子又走不快，怎麼好呢？」車夫道：「那也沒有法子，好在今兒是個十三日，月亮出得早，不管怎麼，總要趕到集上去。大約這荒僻山徑，不會有強盜，雖走晚些，倒也不怕他。」子平道：「強盜雖沒有，倘或有了，我也無多行李，很不怕他，拿就拿去，也不要緊。實在可怕的是豺狼虎豹，天晚了，倘若出來個把，我們就壞了。」車夫說：「這山裏虎倒不多，有神虎管著，從不傷人，只是狼多些。聽見它來，我們都拿根棍子在手裏，也就不怕它了。」

說著，走到一條橫澗跟前，原是本山的一支小瀑布，流歸谿河的。瀑布冬天雖然乾了，那沖的一條山溝，尚有兩丈多深，約有二丈多寬。當面隔住，一邊是陡山，一邊是深峪，更無別處好繞。

子平看見如此景象，心裏不禁作起慌來，立刻勒住驢頭，等那車子走到，說：「可了不得！我們走岔了路，走到死路上了！」那車夫把車子歇下，喘了兩口氣，說：「不能，不能！這條路影一順來的，並無第二條路，不會差的。等我前去看看，該怎麼走。」朝前走了幾十步，回來說：「路倒是有，只是不好走，你老下驢罷。」

子平下來，牽了驢，依著走到前面看時，原來轉過大石，靠裏有人架了一條石橋。只是此橋僅有兩

條石柱，每條不過一尺一二寸寬，兩柱又不緊相黏靠，當中還罅著幾寸寬一個空檔兒，石上又有一層冰，滑溜滑溜的。子平道：「可嚇煞我了！這橋怎麼過法？一滑腳就是死，我真沒有這個膽子走！」車夫大家看了說：「不要緊，我有法子。好在我們穿的都是蒲草毛窩，腳下很把滑的，不怕它。」一個人道：「等我先走一趟試試。」遂跳竄跳竄的走過去了，嘴裏還喊著：「好走，好走！」立刻又走回來說：「車子卻沒法推，我們四個人抬一輛，做兩趟抬過去罷。」申子平道：「車子抬得過去，我卻走不過去。那驢子又怎樣呢？」車夫道：「不怕的，且等我們先把你老扶過去，別的你就不用管了。」子平道：「就是有人扶著，我也是不敢走。告訴你說罷，我兩條腿已經軟了，哪裏還能走路呢！」車夫說；「那麼也有辦法，你老大總睡下來，我們兩個人抬頭，兩個人抬腳，把你老抬過去，何如？」子平說：「不妥，不妥！」又一個車夫說：「還是這樣罷，解根繩子，你老拴在腰裏，我們夥計，一個在前頭，挽著一個繩頭，一個夥計在後頭，挽著一個繩頭，這個樣走，你老膽子一壯，腿就不軟了。」子平說：「只好這樣。」於是先把子平照樣扶掖過去，隨後又把兩輛車子抬了過去。倒是一個驢死不肯走，費了許多事，仍是把它眼睛蒙上，一個人牽，一個人打，才混了過去。等到忙定歸了，那

滿地已經都是樹影子，月光已經很亮的了。

　　大家好容易將危橋走過，歇了一歇，吃了袋煙，再望前進。走了不過三四十步，聽得遠遠嗚嗚的兩聲。車夫道：「虎叫！虎叫！」一頭走著，一頭留神聽著。又走了數十步，車夫將車子歇下，說：「老爺，你別騎驢了，下來罷。聽那虎叫，從西邊來，越叫越近了，恐怕是要到這路上來。我們避一避罷，倘到了跟前，就避不及了。」說著，子平下了驢。車夫說：「咱們捨掉這個驢子餵它罷。」路旁有個小松，他把驢子韁繩拴在小松樹上，車子就放在驢子旁邊，人卻倒回走了數十步，把子平藏在一處石壁縫裏。車夫有躲在大石腳下，用些雪把身子遮了的。

　　有兩個車夫，盤在山坡高樹枝上的，都把眼睛朝西面看著。

　　說時遲，哪時快，只見西邊嶺上月光之下，竄上一個物件來。到了嶺上，又是嗚的一聲。只見把身子往下一探，已經到了西澗邊了，又是嗚的一聲。這裏的人又是冷，又是怕，止不住格格價亂抖，還用眼睛看著那虎。那虎既到西澗，卻立住了腳，眼睛映著月光，灼亮灼亮，並不朝著驢子看，卻對著這幾個人，又嗚的一聲，將身子一縮，對著這邊撲過來了。這時候山裏本來無風，卻聽得樹梢上呼呼地響，樹上殘葉簌簌地落，人面上冷氣稜稜地割。

這幾個人早已嚇得魂飛魄散了。

　　大家等了許久，卻不見虎的動靜。還是那樹上的車夫膽大，下來喊眾人道：「出來罷！虎去遠了。」車夫等人次第出來，方才從石壁縫裏把子平拉出，已經嚇得呆了。過了半天，方能開口說話，問道：「我們是死的是活的哪？」車夫道：「虎過去了。」子平道：「虎怎樣過去的？一個人沒有傷麼？」那在樹上的車夫道：「我看它從澗西沿過來的時候，只是一穿，彷彿像鳥兒似的，已經到了這邊了。它落腳的地方，比我們這樹梢還高著七八丈呢。落下來之後，又是一縱，已經到了這東嶺上邊，嗚的一聲向東去了。」

　　申子平聽了，方才放下心來，說：「我這兩隻腳還是稀軟稀軟，立不起來，怎樣是好？」眾人道：「你老不是立在這裏呢嗎？」子平低頭一看，才知道自己並不是坐著，也笑了，說道：「我這身子真不聽我調度了。」於是眾人攙著，勉強移步，走了約數十步，方才活動，可以自主。嘆了一口氣道：「命雖不送在虎口裏，這夜裏若再遇見剛才那樣的橋，斷不能過！肚裏又飢，身上又冷，活凍也凍死了。」說著，走到小樹旁邊，看那驢子也是伏在地下，知是被那虎叫嚇得如此。跟人把驢子拉起，把子平扶上驢子，慢慢價走。

　　轉過一個石嘴，忽見前面一片燈光，約有許多房

子，大家喊道：「好了，好了！前面到了集鎮了！」只此一聲，人人精神震動。不但人行，腳下覺得輕了許多，即驢子亦不似從前畏難苟安的行動。

哪消片刻工夫，已到燈光之下。原來並不是個集鎮，只有幾家人家，住在這山坡之上。因山有高下，故看出如層樓疊榭一般。到此大家商議，斷不再走，硬行敲門求宿，更無他法。

當時走近一家，外面係虎皮石砌的牆，一個牆門，裏面房子看來不少，大約總有十幾間的光景。於是車夫上前叩門，叩了幾下，裏面出來一個老者，鬚髮蒼然，手中持了一支燭台，燃了一支白蠟燭，口中問道：「你們來做什麼的？」

申子平急上前，和顏悅色的把原委說了一遍，說道：「明知並非客店，無奈從人萬不能行，要請老翁行個方便。」那老翁點點頭，道：「你等一刻，我去問我們姑娘去。」說著，門也不關，便進裏面去了。子平看了，心下十分詫異：「難道這家人家竟無家主嗎？何以去問姑娘，難道是個女孩兒當家嗎？」既而想道：「錯了，錯了。想必這家是個老太太做主，這個老者想必是她的侄兒。姑娘者，姑母之謂也。理路甚是，一定不會錯了。」

霎時，只見那老者隨了一個中年漢子出來，手中仍拿燭台，說聲「請客人裏面坐」。原來這家，進了牆門就是一平五間房子，門在中間，門前台階約

十餘級。中年漢子手持燭台，照著申子平上來。子平吩咐車夫等：「在院子裏略站一站，等我進去看了情形，再招呼你們。」

子平上得台階，那老者立於堂中，說道：「北邊有個坦坡，叫他們把車子推了，驢子牽了，由坦坡進這房子來罷。」原來這是個朝西的大門。眾人進得房來，是三間敞屋，兩頭各有一間，隔斷了的。這敞屋北頭是個炕，南頭空著，將車子同驢安置南頭，一眾五人，安置在炕上。然後老者問了子平名姓，道：「請客人裏邊坐。」於是過了穿堂，就是台階。上去有塊平地，都是栽的花木，映著月色，異常幽秀。且有一陣陣幽香，清沁肺腑。向北乃是三間朝南的精舍，一轉俱是迴廊，用帶皮杉木做的欄柱。進得房來，上面掛了四盞紙燈，斑竹紮的，甚為靈巧。兩間敞著，一間隔斷，做個房間的樣子。桌椅几案，布置極為妥協，房間掛了一幅褐色布門簾。

老者到房門口，喊了一聲：「姑娘，那姓申的客人進來了。」卻看門簾掀起，裏面出來一個十八九歲的女子。穿了一身布服，二藍褂子，青布裙兒，相貌端莊瑩靜，明媚閑雅。見客福了一福，子平慌忙長揖答禮。女子說：「請坐。」即命老者：「趕緊的做飯，客人餓了。」老者退去。

那女子道：「先生貴姓？來此何事？」子平便將

「奉家兄命特訪劉仁甫」的話說了一遍。那女子道：「劉先生當初就住這集東邊的，現在已搬到柏樹峪去了。」子平問：「柏樹峪在什麼地方？」那女子道：「在集西，有三十多里的光景。那邊路比這邊更僻，越加不好走了。家父前日退值回來，告訴我們說，今天有位遠客來此，路上受了點虛驚。吩咐我們遲點睡，預備些酒飯，以便款待。並說：『簡慢了尊客，千萬不要見怪。』」子平聽了，驚訝之至：「荒山裏面，又無衙署，有什麼值日、退值？何以前天就會知道呢？這女子何以如此大方，豈古人所謂有林下風範的，就是這樣嗎？倒要問個明白。」

　　不知申子平能否察透這女子形跡，且聽下回分解。

第九回

一客吟詩
負手面壁

三人品茗
促膝談心

話說申子平正在凝思，此女子舉止大方，不類鄉人，況其父在何處退值？正欲詰問，只見外面簾子動處，中年漢子已端進一盤飯來。那女子道：「就攔在這西屋炕桌上罷。」這西屋靠南窗原是一個磚砌的暖炕，靠窗設了一個長炕几，兩頭兩個短炕几，當中一個正方炕桌，桌子三面好坐人的。西面牆上是個大圓月洞窗子，正中鑲了一塊玻璃，窗前設了一張書案。中堂雖未隔斷，卻是一個大落地罩。那漢子已將飯食列在炕桌之上，卻只是一盤饅頭，一壺酒，一罐小米稀飯，倒有四肴小菜，無非山蔬野菜之類，並無葷腥。女子道：「先生請用飯，我少停就來。」說著，便向東房裏去了。

子平本來頗覺飢寒，於是上炕先飲了兩杯酒，隨後吃了幾個饅頭。雖是蔬菜，卻清香滿口，比葷菜更為適用。吃過饅頭，喝了稀飯，那漢子舀了一盆水來，洗過臉，立起身來，在房內徘徊徘徊，舒展肢體。抬頭看見北牆上掛著四幅大屏，草書寫得龍飛鳳舞，出色驚人，下面卻是雙款：上寫著「西峰柱史正非」，下寫著「黃龍子呈稿」。草字雖不能全識，也可十得八九。仔細看去，原來是六首七絕詩，非佛非仙，咀嚼起來，倒也有些意味。既不是寂滅虛無，又不是鉛汞龍虎。看那月洞窗下，書案上有現成的紙筆，遂把幾首詩抄下來，預備帶回衙門去，當新聞紙看。

你道是怎樣個詩？請看，詩曰：

曾拜瑤池九品蓮，希夷授我指元篇。
光陰荏苒真容易，回首滄桑五百年。
紫陽屬和翠虛吟，傳響空山霹靂琴。
剎那未除人我相，天花黏滿護身雲。
情天欲海足風波，渺渺無邊是愛河。
引作園中功德水，一齊都種曼陀羅。
石破天驚一鶴飛，黑漫漫夜五更雷。
自從三宿空桑後，不見人間有是非。
野馬塵埃晝夜馳，五蟲百卉互相吹。
偷來鷲嶺涅槃樂，換取壺公杜德機。
菩提葉老法華新，南北同傳一點燈。
五百天童齊得乳，香花供奉小夫人。

　　子平將詩抄完，回頭看那月洞窗外，月色又清
又白，映著那層層疊疊的山，一步高一步的上去，
真是仙境，迴非凡俗。此時覺得並無一點倦容，何
妨出去上山閑步一回，豈不更妙。才要動腳，又想
道：「這山不就是我們剛才來的那山嗎？這月不就
是剛才踏的那月嗎？為何來的時候，便那樣的陰森
慘淡，令人怵魄動心？此刻山月依然，何以令人
心曠神怡呢？」就想到王右軍說的：「情隨境遷，
感慨係之矣。」真正不錯。低徊了一刻，也想作兩

首詩，只聽身後邊嬌滴滴的聲音說道：「飯用過了罷？怠慢得很。」慌忙轉過頭來，見那女子又換了一件淡綠印花布棉襖，青布大腳褲子，越顯得眉似春山，眼如秋水。兩腮濃厚，如帛裹朱，從白裏隱隱透出紅來，不似時下南北的打扮，用那胭脂塗得同猴子屁股一般。口頰之間若帶喜笑，眉眼之際又頗似振矜，真令人又愛又敬。女子說道：「何不請炕上坐，暖和些。」於是彼此坐下。

那老蒼頭進來，問姑娘道：「申老爺行李放在什麼地方呢？」姑娘說：「太爺前日去時，吩咐就在這裏間太爺榻上睡，行李不用解了。跟隨的人都吃過飯了嗎？你叫他們早點歇罷。驢子餵了沒有？」蒼頭一一答應，說：「都齊備妥協了。」姑娘又說：「你煮茶來罷。」蒼頭連聲應是。

子平道：「塵俗身體，斷不敢在此地下榻。來時見前面有個大炕，就同他們一道睡罷。」女子說：「無庸過謙，此是家父吩咐的。不然，我一個山鄉女子，也斷不擅自迎客。」子平道：「蒙惠過分，感謝已極。只是還不曾請教貴姓？尊大人是做何處的官，在何處值日？」女子道：「敝姓涂氏。家父在碧霞宮上值，五日一班。合計半月在家，半月在宮。」

子平問道：「這屏上詩是何人作的？看來只怕是個仙家罷？」女子道：「是家父的朋友，常來此地

閒談，就是去年在此地寫的。這個人也是個不衫不履的人，與家父最為相契。」子平道：「這人究竟是個和尚，還是個道士？何以詩上又像道家的話，又有許多佛家的典故呢？」女子道：「既非道士，又非和尚，其人也是俗裝。他常說：『儒、釋、道三教，譬如三個鋪面掛了三個招牌，其實都是賣的雜貨，柴米油鹽都是有的。不過儒家的鋪子大些，佛、道的鋪子小些，皆是無所不包的。』又說：『凡道總分兩層：一個叫道面子，一個叫道裏子。道裏子都是同的，道面子就各有分別了，如和尚剃了頭，道士綰了個髻，叫人一望而知，那是和尚、那是道士。倘若叫那和尚留了頭，也綰個髻子，披件鶴氅；道士剃了髮，著件袈裟，人又要顛倒呼喚起來了。難道眼耳鼻舌不是那個用法嗎？』又說：『道面子有分別，道裏子實是一樣的。』所以這黃龍先生，不拘三教，隨便吟詠的。」

子平道：「得聞至論，佩服已極，只是既然三教道裏子都是一樣，在下愚蠢得極，倒要請教這同處在什麼地方？異處在什麼地方？何以又有大小之分？儒教最大，又大在什麼地方？敢求揭示。」女子道：「其同處在誘人為善，引人處於大公。人人好公，則天下太平；人人營私，則天下大亂。惟儒教公到極處，你看，孔子一生遇了多少異端？如長沮、桀溺、荷蓧丈人等類，均不十分佩服孔子，而

孔子反讚揚他們不置，是其公處，是其大處。所以說：『攻乎異端，斯害也已。』若佛、道兩教，就有了褊心。惟恐後世人不崇奉它的教，所以說出許多天堂地獄的話來嚇唬人。這還是勸人行善，不失為公。甚則說崇奉它的教，就一切罪孽消滅；不崇奉它的教，就是魔鬼入宮，死了必下地獄等辭，這就是私了。至於外國一切教門，更要為爭教興兵接戰，殺人如麻。試問，與他的初心合不合呢？所以就越小了。若回回教說，為教戰死的血光如玫瑰紫的寶石一樣，更騙人到極處！只是儒教可惜失傳已久，漢儒拘守章句，反遺大旨。到了唐朝，直沒人提及。韓昌黎是個通文不通道的腳色，胡說亂道！他還要作篇文章，叫做《原道》，真正原到道反面去了！他說：『君不出令，則失其為君；民不出粟、米、絲、麻以奉其上，則誅。』如此說去，那桀、紂很會出令的，又很會誅民的，然則桀、紂之為君是，而桀、紂之民全非了，豈不是是非顛倒嗎？他卻又要闢佛、老，倒又與和尚做朋友。所以後世學儒的人，覺得孔、孟的道理太費事，不如弄兩句闢佛、老的口頭禪，就算是聖人之徒，豈不省事。弄得朱夫子也出不了這個範圍，只好據韓昌黎的《原道》去改孔子的《論語》，把那『攻乎異端』的『攻』字，百般扭捏，究竟總說不圓，卻把孔、孟的儒教被宋儒弄得小而又小，以至於絕了！」

子平聽說，肅然起敬道：「與君一夕話，勝讀十年書，真是聞所未聞！只是還不懂，長沮、桀溺倒是異端，佛老倒不是異端，何故？」女子道：「皆是異端。先生要知『異』字當不同講，『端』字當起頭講。『執其兩端』是說執其兩頭的意思。若『異端』當邪教講，豈不『兩端』要當杴杈教講？『執其兩端』便是抓住了他個杴杈教呢，成何話說呀？聖人意思，殊途不妨同歸，異曲不妨同工。只要他為誘人為善，引人為公起見，都無不可。所以叫做『大德不踰閑，小德出入可也』。若只是為攻訐起見，初起尚只攻佛攻老，後來朱、陸異同，遂操同室之戈，併是祖孔、孟的，何以朱之子孫要攻陸，陸之子孫要攻朱呢？此之謂『失其本心』，反被孔子『斯害也已』四個字定成鐵案！」

　　子平聞了，連連讚嘆，說：「今日幸見姑娘，如對明師。但是宋儒錯會聖人意旨的地方，也是有的，然其發明正教的功德，亦不可及。即如『理』『欲』二字，『主敬』『存誠』等字，雖皆是古聖之言。一經宋儒提出，後世實受惠不少，人心由此而正，風俗由此而醇。」那女子嫣然一笑，秋波流媚，向子平睇了一眼。子平覺得翠眉含嬌，丹唇啟秀，又似有一陣幽香，沁入肌骨，不禁神魂飄蕩。那女子伸出一隻白如玉、軟如棉的手來，隔著炕桌子，握著子平的手。握住了之後，說道：「請問先

生，這個時候，比你少年在書房裏，貴業師握住你手『扑作教刑』的時候何如？」子平默無以對。

女子又道：「憑良心說，你此刻愛我的心，比愛貴業師何如？聖人說的，『所謂誠其意者，毋自欺也。如惡惡臭，如好好色。』孔子說：『好德如好色。』孟子說：『食色，性也。』子夏說：『賢賢易色。』這好色乃人之本性。宋儒要說好德不好色，非自欺而何？自欺欺人，不誠極矣！他偏要說『存誠』，豈不可恨！聖人言情言禮，不言理欲。刪《詩》以《關雎》為首，試問『窈窕淑女，君子好逑』，『求之不得』，至於『輾轉反側』，難道可以說這是天理，不是人欲嗎？舉此可見聖人絕不欺人處。《關雎》序上說道：『發乎情，止乎禮義。』發乎情，是不期然而然的境界。即如今夕，嘉賓惠臨，我不能不喜，發乎情也。先生來時，甚為困憊，又歷多時，宜更憊矣，乃精神煥發，可見是很喜歡。如此，亦發乎情也。以少女中男，深夜對坐，不及亂言，止乎禮義矣，此正合聖人之道。若宋儒之種種欺人，口難罄述。然宋儒固多不是，然尚有是處。若今之學宋儒者，直鄉愿而已，孔、孟所深惡而痛絕者也！」

話言未了，蒼頭送上茶來，是兩個舊瓷茶碗，淡綠色的茶，才放在桌上，清香已竟撲鼻。只見那女子接過茶來，漱了一回口，又漱一回，都吐向炕池

之內去，笑道：「今日無端談到道學先生，令我腐臭之氣，沾污牙齒，此後只許談風月矣。」子平連聲諾諾，卻端起茶碗，呷了一口，覺得清爽異常。嚥下喉去，覺得一直清到胃脘裏，那舌根左右，津液汩汩價翻上來，又香又甜。連喝兩口，似乎那香氣又從口中反竄到鼻子上去，說不出來的好受，問道：「這是什麼茶葉？為何這麼好吃？」女子道：「茶葉也無甚出奇，不過本山上出的野茶，所以味是厚的。卻虧了這水，是汲的東山頂上的泉。泉水的味，越高越美。又是用松花作柴，沙瓶煎的。三合其美，所以好了。尊處吃的都是外間賣的茶葉，無非種茶，其味必薄。又加以水火俱不得法，味道自然差的。」

只聽窗外有人喊道：「璵姑，今日有佳客，怎不招呼我一聲？」女子聞聲，連忙立起，說：「龍叔，怎樣這時候會來？」說著，只見那人已經進來，著了一件深藍布百衲大棉襖，科頭，不束帶亦不著馬褂。有五十來歲光景，面如渥丹，鬚髯漆黑，見了子平，拱一拱手，說：「申先生，來了多時了？」子平道：「到有兩三個鐘頭了，請問先生貴姓？」那人道：「隱姓埋名，以黃龍子為號。」子平說：「萬幸，萬幸！拜讀大作，已經許久。」女子道：「也上炕來坐罷。」黃龍子遂上炕，至炕桌裏面坐下，說：「璵姑，你說請我吃筍的呢。筍在

何處？拿來我吃。」璵姑道：「前些時倒想挖去的，偶然忘記，被縢六公佔去了。龍叔要吃，自去找縢六公商量罷。」黃龍子仰天大笑。子平向女子道：「不敢冒犯，這『璵姑』二字想必是大名罷？」女子道：「小名叫仲璵，家姊叫伯璠，故叔伯輩皆自小喊慣的。」

黃龍子向子平道：「申先生睏不睏？如其不睏，今夜良會，可以不必早睡，明天遲遲起來最好。柏樹峪地方，路極險峻，很不好走。又有這場大雪，路影看不清楚，跌下去有性命之憂。劉仁甫今天晚上檢點行李，大約明日午牌時候，可以到集上關帝廟。你明天用過早飯動身，正好相遇了。」子平聽說大喜，說道：「今日得遇諸仙，三生有幸。請教上仙誕降之辰，還是在唐在宋？」黃龍子又大笑道：「何以知之？」答：「尊作明說『回首滄桑五百年』，可知斷不止五六百歲了。」黃龍子道：「『盡信書，則不如無書。』此鄙人之遊戲筆墨耳。公直當《桃花源記》讀可矣。」就舉起茶杯，品那新茶。

璵姑見子平杯內茶已將盡，就持小茶壺代為斟滿。子平連連欠身道：「不敢。」亦舉起杯來詳細品量。卻聽窗外遠遠唔了一聲，那窗紙微覺颯颯價動，屋塵簌簌價落。想起方才路上光景，不覺毛骨森竦，勃然色變。黃龍道：「這是虎嘯，不要緊

的。山家看著此種物事，如你們城市中人看騾馬一樣，雖知它會踢人，卻不怕它。因為相習已久，知它傷人也不是常有的事。山上人與虎相習，尋常人固避虎，虎也避人，故傷害人也不是常有的事，不必怕它。」

子平道：「聽這聲音，離此尚遠，何以窗紙竟會震動，屋塵竟會下落呢？」黃龍道：「這就叫做虎威。因四面皆山，故氣常聚，一聲虎嘯，四山皆應。在虎左右二三十里，皆是這樣。虎若到了平原，就無這威勢了。所以古人說，龍若離水，虎若離山，便要受人狎侮的。即如朝廷裏做官的人，無論為了什麼難，受了什麼氣，只是回家來對著老婆孩子發發標，在外邊絕不敢發半句硬話，也是不敢離了那個官。同那虎不敢去山，龍不敢失水的道理，是一樣的。」

子平連連點頭，說：「不錯，是的。只是我還不明白，虎在山裏，為何就有這大的威勢，是何道理呢？」黃龍子道：「你沒有念過《千字文》麼？這就是『空谷傳聲，虛堂習聽』的道理。虛堂就是個小空谷，空谷就是個大虛堂。你在這門外放個大爆竹，要響好半天呢！所以山城的雷，比平原的響好幾倍，也是這個道理。」說完，轉過頭來，對女子道：「璵姑，我多日不聽你彈琴了，今日難得有嘉客在此，何妨取來彈一曲，連我也沾光聽一回。」

璵姑道：「龍叔，這是何苦來！我那琴如何彈得，惹人家笑話！申公在省城裏，彈好琴的多著呢，何必聽我們這個鄉裏迓鼓！倒是我去取瑟來，龍叔鼓一調瑟罷，還稀罕點兒。」黃龍子說：「也罷，也罷！就是我鼓瑟，你鼓琴罷，搬來搬去，也很費事，不如竟到你洞房裏去彈罷！好在山家女兒，比不得衙門裏小姐，房屋是不准人到的。」說罷，便走下炕來，穿了鞋子，持了燭，對子平揮手說：「請裏面去坐，璵姑引路。」

璵姑果然下了炕，接燭先走，子平第二，黃龍第三。走過中堂，揭開了門簾，進到裏間。是上下兩個榻，上榻設了衾枕，下榻堆積著書畫。朝東一個窗戶，窗下一張方桌，上榻面前有個小門。璵姑對子平道：「這就是家父的臥室。」進了榻旁小門，彷彿迴廊似的，卻有窗軒，地下駕空鋪的木板。向北一轉，又向東一轉，朝北朝東俱有玻璃窗。北窗看著離山很近，一片峭壁，穿空而上，朝下看，像甚深似的。正要前進，只聽砰硼霍落幾聲，彷彿山倒下來價響，腳下震震搖動，子平嚇得魂不附體。

未知後事如何，且聽下回分解。

第十回

驪龍雙珠
光照琴瑟
犀牛一角
聲叶箜篌

話說子平聽得天崩地塌價一聲，腳下震震搖動，嚇得魂不附體，怕是山倒下來。黃龍子在身後說道：「不怕的，這是山上的凍雪被泉水漱空了，滾下一大塊來，夾冰夾雪，所以有這大的聲音。」說著，又朝向北一轉，便是一個洞門。這洞不過有兩間房大，朝外半截窗台，上面安著窗戶。其餘三面俱斬平雪白，頂是圓的，像城門洞的樣子。洞裏陳設甚簡，有幾張樹根的坐具，卻是七大八小的不勻，又都是磨得絹光。几案也全是古藤天生的，不方不圓，隨勢製成。東壁橫了一張枯槎獨睡榻子，設著衾枕。榻旁放了兩三個黃竹箱子，想必是盛衣服什物的了。洞內並無燈燭，北牆上嵌了兩個滴圓夜明珠，有巴斗大小，光色發紅，不甚光亮。地下鋪著地毯，甚厚軟，微覺有聲。榻北立了一個曲尺形書架，放了許多書，都是草訂，不曾切過書頭的。雙夜明珠中間掛了幾件樂器，有兩張瑟、兩張琴，是認得的，還有些不認得的。

璵姑到得洞裏，將燭台吹熄，放在窗戶台上。方才坐下，只聽外面唔唔價七八聲，接連又許多聲，窗紙卻不震動。子平說道：「這山裏怎樣這麼多的虎？」璵姑笑道：「鄉裏人進城，樣樣不識得，被人家笑話。你城裏人下鄉，卻也是樣樣不識得，恐怕也有人笑你。」子平道：「你聽，外面唔唔價叫的，不是虎嗎？」璵姑說：「這是狼嗥，虎哪有

這麼多呢？虎的聲音長，狼的聲音短，所以虎名為『嘯』，狼名為『嗥』。古人下字眼都是有斟酌的。」

黃龍子移了兩張小長几，摘下一張琴、一張瑟來。璵姑也移了三張凳子，讓子平坐了一張。彼此調了一調弦，同黃龍各坐了一張凳子。弦已調好，璵姑與黃龍商酌了兩句，就彈起來了。初起不過輕挑漫剔，聲響悠柔，一段以後，散泛相錯，其聲清脆，兩段以後，吟揉漸多。那瑟之勾挑夾縫中，與琴之綽注相應，粗聽若彈琴鼓瑟，各自為調，細聽則如珠鳥一雙，此唱彼和，問來答往。四五段以後，吟揉漸少，雜以批拂，蒼蒼涼涼，磊磊落落，下指甚重，聲韻繁興。六七八段，間以曼衍，越轉越清，越調越逸。

子平本會彈十幾調琴，所以聽得入彀，因為瑟是未曾聽過，格外留神。哪知瑟的妙用也在左手，看他右手發聲之後，那左手進退揉顫，其餘音也就隨著猗猗靡靡，真是聞所未聞。初聽還在算計他的指法、調頭，既而便耳中有音，目中無指。久之，耳目俱無，覺得自己的身體飄飄蕩蕩，如隨長風，浮沉於雲霞之際。久之又久，心身俱忘，如醉如夢。於恍惚杳冥之中，錚鏦數聲，琴瑟俱息，乃通見聞，人亦驚覺。欠身而起，說道：「此曲妙到極處！小子也曾學彈過兩年，見過許多高手。從前聽過孫琴秋先生彈琴，有《漢宮秋》一曲，以為絕非

凡響，與世俗的不同。不想今日得聞此曲，又高出孫君《漢宮秋》數倍，請教叫什麼曲名？有譜沒有？」璵姑道：「此曲名叫《海水天風之曲》，是從來沒有譜的。不但此曲為塵世所無，即此彈法亦山中古調，非外人所知。你們所彈的皆是一人之曲，如兩人同彈此曲，則彼此宮商皆合而為一。如彼宮，此亦必宮；彼商，此亦必商，斷不敢為羽為徵。即使三四人同鼓，也是這樣，實是同奏，並非合奏。我們所彈的曲子，一人彈與兩人彈，迥乎不同。一人彈的，名『自成之曲』；兩人彈，則為『合成之曲』。所以此宮彼商，彼角此羽，相協而不相同。聖人所謂『君子和而不同』，就是這個道理。『和』之一字，後人誤會久矣。」

當時璵姑立起身來，向西壁有個小門，開了門，對著大聲喊了幾句，不知甚話，聽不清楚。看黃龍子亦立起身，將琴瑟懸在壁上。子平於是也立起，走到壁間，仔細看那夜明珠到底什麼樣子，以便回去誇耀於人。及走至珠下，伸手一摸，那夜明珠卻甚熱，有些烙手，心裏詫異道：「這是什麼道理呢？」看黃龍子琴瑟已俱掛好，即問道：「先生，這是什麼？」笑答道：「驪龍之珠，你不認得嗎？」問：「驪珠怎樣會熱呢？」答：「這是火龍所吐的珠，自然熱的。」子平說：「火龍珠哪得如此一樣大的一對呢？雖說是火龍，難道永遠這麼熱麼？」笑

答道：「然則我說的話，先生有不信的意思了。既不信，我就把這熱的道理開給你看。」說著，便向那夜明珠的旁邊有個小銅鼻子一拔，那珠子便像一扇門似的張開來了。原來是個珠殼，裏面是很深的油池，當中用棉花線捲的個燈心，外面用千層紙做的個燈箭，上面有個小煙囱，從壁子上出去，上頭有許多的黑煙，同洋燈的道理一樣，卻不及洋燈精緻，所以不免有黑煙上去，看過也就笑了。再看那珠殼，原來是用大螺蚌殼磨出來的，所以也不及洋燈光亮。

子平道：「與其如此，何不買個洋燈，豈不省事呢？」黃龍子道：「這山裏哪有洋貨鋪呢？這油就是前山出的，與你們點的洋油是一樣物件。只是我們不會製造，所以總嫌它濁，光也不足，所以把它嵌在壁子裏頭。」說過便將珠殼關好，依舊是兩個夜明珠。

子平又問：「這地毯是什麼做的呢？」答：「俗名叫做『蓑草』。因為可以做蓑衣用，故名。將這蓑草半枯時，採來晾乾，劈成細絲，和麻織成的。這就是璵姑的手工。山地多潮濕，所以先用雲母鋪了，再加上這蓑毯，人就不受病了。這壁上也是雲母粉和著紅色膠泥塗的，既禦潮濕，又避寒氣，卻比你們所用的石灰好得多呢！」

子平又看，壁上懸著一物，像似彈棉花的弓，

卻安了無數的弦，知道必是樂器，就問：「叫甚名字？」黃龍子道：「名叫『箜篌』。」用手撥撥，也不甚響，說道：「我們從小讀詩，題目裏就有《箜篌引》，卻不知道是這樣子。請先生彈兩聲，以廣見聞，何如？」黃龍子道：「單彈沒有什麼意味。我看時候何如，再請一個客來就行了。」走至窗前，朝外一看月光，說：「此刻不過亥正，恐怕桑家姊妹還沒有睡呢，去請一請看。」遂向璵姑道：「申公要聽箜篌，不知桑家阿扈能來不能？」璵姑道：「蒼頭送茶來，我叫他去問聲看。」於是又各坐下。蒼頭捧了一個小紅泥爐子，外一個水瓶子，一個小茶壺，幾個小茶杯，安置在矮腳几上。璵姑說：「你到桑家，問扈姑、勝姑能來不能？」蒼頭諾聲去了。

此時三人在靠窗個梅花几旁坐著。子平靠窗台甚近，璵姑取茶布與二人，大家靜坐吃茶。子平看窗台上有幾本書，取來一看，面子上題了四個大字，曰「此中人語」。揭開來看，也有詩，也有文，惟長短句子的歌謠最多，俱是手錄，字跡娟好。看了幾首，都不甚懂。偶然翻得一本，中有張花箋，寫著四首四言詩，是個單張子，想要抄下，便向璵姑道：「這紙我想抄去，可以不可以？」璵姑拿過去看了看，說：「你喜歡，拿去就是了。」

子平接過來，再細看，上寫道：

《銀鼠諺》

東山乳虎，迎門當戶；

明年食麝，悲生齊魯。——一解

殘骸狼藉，乳虎乏食；

飛騰上天，立豕當國。——二解

乳虎斑斑，雄據西山；

亞當孫子，橫被摧殘。——三解

四鄰震怒，天眷西顧；

斃豕殪虎，黎民安堵。——四解

子平看了又看，說道：「這詩彷彿古歌謠，其中必有事跡，請教一二。」黃龍子道：「既叫做『此中人語』，必不能『為外人道』可知矣。閣下靜候數年便會知悉。」璵姑道：「『乳虎』就是你們玉太尊，其餘你慢慢的揣摹，也是可以知道的。」子平會意，也就不往下問了。

其時遠遠聽有笑語聲。一息工天，只聽迴廊上格登格登，有許多腳步兒響，頃刻已經到了面前。蒼頭先進，說：「桑家姑娘來了。」黃、璵皆接上前去。子平亦起身植立。只見前面的一個約有二十歲上下，著的是紫花襖子，紫地黃花，下著燕尾青的裙子，頭上倒梳雲髻，綰了個墜馬妝。後面的一個約有十三四歲，著了個翠藍襖子，紅地白花的褲

子，頭上正中綰了髻子，插了個慈菇葉子似的一支翠花，走一步顫巍巍的。進來彼此讓了座。

璵姑介紹，先說：「這是城武縣申老父台的令弟，今日趕不上集店，在此借宿。適值龍叔也來，彼此談得高興，申公要聽箜篌，所以有勞兩位芳駕。攪破清睡，罪過得很！」兩人齊道：「豈敢，豈敢。只是下里之音，不堪入耳。」黃龍說：「也無庸過謙了。」

璵姑隨又指著年長著紫衣的，對子平道：「這位是扈姑姊姊。」指著年幼著翠衣的道：「這位是勝姑妹子。都住在我們這緊鄰，平常最相得的。」子平又說了兩句客氣的套話，卻看那扈姑，豐頰長眉，眼如銀杏，口輔雙渦，唇紅齒白。於艷麗之中，有股英俊之氣。那勝姑幽秀俊俏，眉目清爽。蒼頭進前，取水瓶，將茶壺注滿，將清水注入茶瓶，即退出去。璵姑取了兩個盞子，各敬了茶。黃龍子說：「天已不早了，請起手罷。」

璵姑於是取了箜篌，遞給扈姑，扈姑不肯接手，說道：「我彈箜篌，不及璵妹。我卻帶了一支角來，勝妹也帶得鈴來了，不如竟是璵姑彈箜篌，我吹角，勝妹搖鈴，豈不大妙？」黃龍道：「甚善，甚善，就是這麼辦！」扈姑又道：「龍叔做什麼呢？」黃龍道：「我管聽。」扈姑道：「不害臊，稀罕你聽！龍吟虎嘯，你就吟罷。」黃龍道：「水龍

才會吟呢！我這個田裏的龍，只會潛而不用。」璵姑說：「有了法子了。」即將箜篌放下，跑到靠壁几上，取過一架特磬來，放在黃龍面前，說：「你就半嘯半擊磬，幫襯幫襯音節罷！」

扈姑遂從襟底取出一支角來，光彩奪目，如元玉一般，先緩緩的吹起。原來這角上面有個吹孔，旁邊有六七個小孔，手指可以按放，亦復有宮商徵羽，不似巡街兵吹的海螺只是嗚嗚價叫。聽那角聲，吹得嗚咽頓挫，其聲悲壯。當時璵姑已將箜篌取在膝上，將弦調好，聽那角聲的節奏。勝姑將小鈴取出，左手撤了四個，右手撤了三個，亦凝神看著扈姑。只見扈姑角聲一闋將終，勝姑便將兩手七鈴同時取起，商商價亂搖。

鈴起之時，璵姑已將箜篌舉起，蒼蒼涼涼，緊鉤漫摘，連批帶拂。鈴聲已止，箜篌丁東斷續，與角聲相和，如狂風吹沙，屋瓦欲震。那七個鈴便不一齊都響，亦復參差錯落，應機赴節。

這時黃龍子隱几仰天，撮唇齊口，發嘯相和。爾時，喉聲、角聲、弦聲、鈴聲俱分辨不出。耳中但聽得風聲、水聲、人馬蹙踏聲、旌旗熠耀聲、干戈擊軋聲、金鼓薄伐聲。約有半小時，黃龍舉起磬擊子來，在磬上鏗鏗鏘鏘的亂擊，協律諧聲，乘虛蹈隙。其時箜篌漸稀，角聲漸低，惟餘清磬，錚鏦未已。少息，勝姑起立，兩手筆直，亂鈴再搖，眾樂

皆息。子平起立拱手道：「有勞諸位，感戴之至。」眾人俱道：「見笑了。」子平道：「請教這曲叫什麼名頭，何以頗有殺伐之聲？」黃龍道：「這曲叫《枯桑引》又名《胡馬嘶風曲》，乃軍陣樂也。凡箜篌所奏，無和平之音，多半凄清悲壯。其至急者，可令人泣下。」

談心之頃，各人已將樂器送還原位，復行坐下。扈姑對瑼姑道：「璠姊怎樣多日未歸？」瑼姑道：「大姊姊因外甥子不舒服，鬧了兩個多月了，所以不曾來得。」勝姑說：「小外甥子什麼病？怎麼不趕緊治呢？」瑼姑道：「可不是麼？小孩子淘氣，治好了，他就亂吃，所以又發，已經發了兩次了。何嘗不替他治呢！」又說了許多家常話，遂立起身來，告辭去了。子平也立起身來，對黃龍說：「我們也前面坐罷，此刻怕有子正的光景，瑼姑娘也要睡了。」

說著，同向前面來，仍從迴廊行走。只是窗上已無月光。窗外峭壁，上半截雪白爍亮，下半截已經烏黑，是十三日的月亮，已經大歪西了。走至東房，瑼姑道：「二位就在此地坐罷，我送扈、勝姊姊出去。」到了堂屋，扈、勝也說：「不用送了，我們也帶了個蒼頭來，在前面呢。」聽她們又喁喁噥噥了好久，瑼姑方回。黃龍說：「你也回罷，我還坐一刻呢。」瑼姑也就告辭回洞，說：「申先生

就在榻上睡罷，失陪了。」

瑣姑去後，黃龍道：「劉仁甫卻是個好人，然其病在過真，處山林有餘，處城市恐不能久。大約一年的緣分，你們是有的。過此一年之後，局面又要變動了。」子平問：「一年之後是什麼光景？」答：「小有變動。五年之後，風潮漸起。十年之後，局面就大不同了。」子平問：「是好是壞呢？」答：「自然是壞。然壞即是好，好即是壞；非壞不好，非好不壞。」子平道：「這話我真正不懂了。好就是好，壞就是壞。像先生這種說法，豈不是好壞不分了嗎？務請指示一二。不才往常見人讀佛經，什麼『色即是空，空即是色』，這種無理之口頭禪，常覺得頭昏腦悶。今日遇見先生，以為如撥雲霧見了青天，不想又說出這套懵懂話來，豈不令人悶煞？」

黃龍子道：「我且問你，這個月亮，十五就明了，三十就暗了，上弦下弦就明暗各半了，那初三四裏的月亮只有一牙，請問它怎麼便會慢慢地長滿了呢？十五以後怎麼慢慢地又會爛掉了呢？」子平道：「這個理容易明白，因為月球本來無光，受太陽的光，所以朝太陽的半個是明的，背太陽的半個是暗的。初三四，月身斜對太陽，所以人眼看見的正是三分明、七分暗，就像一牙似的。其實月球並無分別，只是半個明、半個暗，盈虧圓缺，都是

人眼睛現出來的景象，與月球毫不相干。」

黃龍子道：「你既明白這個道理，應須知道好即是壞，壞即是好，同那月球的明暗，是一個道理。」子平道：「這個道理實不能同。月球雖無圓缺，實有明暗。因永遠是半個明的，半個暗的，所以明的半邊朝人，人就說月圓了；暗的半邊朝人，人就說月黑了。初八、二十三，人正對它側面，所以覺得半明半暗，就叫做上弦、下弦。因人所看的方面不同，喚做個盈虧圓缺。若在二十八九，月亮全黑的時候，人若能飛到月球上邊去看，自然仍是明的。這就是明暗的道理，我們都懂得的。然究竟半個明的、半個暗的，是一定不移的道理。半個明的終久是明，半個暗的終久是暗。若說暗即是明，明即是暗，理性總不能通。」

正說得高興，只聽背後有人道：「申先生，你錯了。」畢竟此人是誰，且聽下回分解。

卻說申子平正與黃龍子辯論，忽聽背後有人喊道：「申先生，你錯了。」回頭看時，卻原來正是璵姑。業已換了裝束，僅穿一件花布小襖，小腳褲子，露出那六寸金蓮，著一雙靈芝頭扱鞋，越顯得聰明俊俏。那一雙眼珠兒，黑白分明，都像透水似的。申子平連忙起立，說：「璵姑還沒有睡嗎？」璵姑道：「本待要睡，聽你們二位談得高興，故再來聽二位辯論，好長點學問。」子平道：「不才那敢辯論！只是性質愚魯，一時不能澈悟，所以有勞黃龍先生指教。方才姑娘說我錯了，請指教一二。」

璵姑道：「先生不是不明白，是沒有多想一想。大凡人都是聽人家怎樣說，便怎樣信，不能達出自己的聰明。你方才說月球半個明的，終久是明的。試思月球在天，是動的呢，是不動的呢？月球繞地是人人都曉得的。既知道它繞地，則不能不動，即不能不轉，是很明顯的道理了。月球既轉，何以對著太陽的一面永遠明呢？可見月球全身都是一樣的質地，無論轉到哪一面，凡對太陽的總是明的了。由此可知，無論其為明為暗，其於月球本體，毫無增減，亦無生滅。其理本來易明，都被宋以後的三教子孫挾了一肚子欺人自欺的心去做經注，把那三教聖人的精義都注歪了。所以天降奇災，北拳南革，要將歷代聖賢一筆抹殺，此也是自然之理，不足為奇的事。不生不死，不死不生；即生即死，即

死即生，哪裏會錯過一絲毫呢？」

申子平道：「方才月球即明即暗的道理，我方有二分明白，今又被姑娘如此一說，又把我送到『醬糊缸』裏去了。我現在也不想明白這個道理了，請二位將那五年之後風潮漸起，十年之後就大不同的情形，開示一二。」

黃龍子道：「三元甲子之說，閣下是曉得的。同治三年甲子，是上元甲子第一年，閣下想必也是曉得的？」子平答應一聲道：「是。」黃龍子又道：「此一個甲子與以前三個甲子不同，此名為『轉關甲子』。此甲子，六十年中要將以前的事全行改變。同治十三年，甲戌，為第一變；光緒十年，甲申，為第二變；甲午，為第三變；甲辰，為第四變；甲寅，為第五變：五變之後，諸事俱定。若是咸豐甲寅生人的人，活到八十歲，這六甲變態都是親身閱歷，倒也是個極有意味的事。」

子平道：「前三甲的變動，不才大概也都見過了。大約甲戌穆宗毅皇帝上升，大局為之一變：甲申為法蘭西福建之役、安南之役，大局又為之一變；甲午為日本侵我東三省，俄、德出為調停，藉收漁翁之利，大局又為之一變，此都已知道了。請問後三甲的變動如何？」

黃龍子道：「這就是北拳南革了。北拳之亂，起於戊子，成於甲午，至庚子，子午一沖而爆發，

其興也勃然，其滅也忽然，北方之強也。其信從者，上自宮闈，下至將相而止，主義為壓漢。南革之亂，起於戊戌，成於甲辰，至庚戌，辰戌一沖而爆發，然其興也漸進，其滅也潛消，南方之強也。其信從者，下自士大夫，上亦至將相而止，主義為逐滿。此二亂黨，皆所以釀劫運，亦皆所以開文明也。北拳之亂，所以漸漸逼出甲辰之變法；南革之亂，所以逼出甲寅之變法。甲寅之後文明大著，中外之猜嫌，滿、漢之疑忌，盡皆銷滅。魏真人《參同契》所說，『元年乃芽滋』，指甲辰而言。辰屬土，萬物生於土，故甲辰以後為文明芽滋之世，如木之坼甲，如筍之解籜。其實滿目所見者，皆木甲竹籜也，而真苞已隱藏其中矣。十年之間，籜甲漸解，至甲寅而齊。寅屬木，為花萼之象。甲寅以後為文明華敷之世，雖燦爛可觀，尚不足與他國齊驅並駕。直至甲子，為文明結實之世，可以自立矣。然後由歐洲新文明進而復我三皇五帝舊文明，駸駸進於大同之世矣。然此事尚遠，非三五十年事也。」

子平聽得歡欣鼓舞，因又問道：「像這北拳南革，這些人究竟是何因緣？天為何要生這些人？先生是明道之人，正好請教。我常是不明白，上天有好生之德，天既好生，又是世界之主宰，為什麼又要生這些惡人做什麼呢？俗語豈不是『瞎倒亂』嗎？」黃龍子點頭長嘆，默無一言。稍停，問子平

道：「你莫非以為上帝是尊無二上之神聖嗎？」子平答道：「自然是了。」黃龍搖頭道：「還有一位尊者，比上帝還要了得呢！」

子平大驚，說道：「這就奇了！不但中國自有書籍以來，未曾聽得有比上帝再尊的，即環球各國亦沒有人說上帝之上更有哪一位尊神的。這真是聞所未聞了！」黃龍子道：「你看過佛經，知道阿修羅王與上帝爭戰之事嗎？」子平道：「那卻曉得，然我實不信。」

黃龍子道：「這話不但佛經上說，就是西洋各國宗教家，也知道有魔王之說。那是絲毫不錯的。須知阿修羅隔若干年便與上帝爭戰一次，末後總是阿修羅敗，再過若干年，又來爭戰。試問，當阿修羅戰敗之時，上帝為什麼不把他滅了呢，等他過若干年，又來害人？不知道他害人，是不智也；知道他害人而不滅之，是不仁也。豈有個不仁不智之上帝呢？足見上帝的力量是滅不動他，可想而知了。譬如兩國相戰，雖有勝敗之不同，彼一國即不能滅此一國，又不能使此一國降伏為屬國，雖然戰勝，則兩國仍為平等之國。這是一定的道理，上帝與阿修羅亦然。既不能滅之，又不能降伏之，惟吾之命是聽，則阿修羅與上帝便為平等之國。而上帝與阿修羅又皆不能出這位尊者之範圍。所以曉得這位尊者，位分實在上帝之上。」

子平忙問道：「我從未聽說過！請教這位尊者是何法號呢？」黃龍子道：「法號叫做『勢力尊者』。勢力之所至，雖上帝亦不能違拗他。我說個比方給你聽：上天有好生之德，由冬而春，由春而夏，由夏而秋，上天好生的力量已用足了。你試想，若夏天之樹木、百草、百蟲無不滿足的時候，若由著他老人家性子再往下去好生，不要一年，這地球便容不得了，又到哪裏去找塊空地容放這些物事呢？所以就讓這霜雪寒風出世，拚命的一殺，殺得乾乾淨淨的，再讓上天來好生。這霜雪寒風就算是阿修羅的部下了，又可知這一生一殺都是『勢力尊者』的作用。此尚是粗淺的比方，不甚的確。要推其精義，有非一朝一夕所能算得盡的。」

璵姑聽了，道：「龍叔，今朝何以發出這等奇闢的議論？不但申先生未曾聽說，連我也未曾聽說過。究竟還是真有個『勢力尊者』呢，還是龍叔的寓言？」黃龍子道：「你且說是有一個上帝沒有？如有一個上帝，則一定有一個『勢力尊者』。要知道上帝同阿修羅都是『勢力尊者』的化身。」璵姑拍掌大笑道：「我明白了！『勢力尊者』就是儒家說的個『無極』，上帝同阿修羅王合起來就是個『太極』！對不對呢？」黃龍子道：「是的，不錯。」申子平亦歡喜起立，道：「被璵姑這一講，連我也明白了！」

黃龍子道：「且慢。是卻是了，然而被你們這一講，豈不上帝同阿修羅都成了宗教家的寓言了嗎？若是寓言，就不如竟說『無極』、『太極』的妥當。要知上帝同阿修羅乃實有其人、實有其事，且等我慢慢講與你聽。——不懂這個道理，萬不能明白那北拳南革的根源。將來申先生庶幾不至於攪到這兩重惡障裏去。就是璵姑，道根尚淺，也該留心點為是。

　　「我先講這個『勢力尊者』，即主持太陽宮者是也。環繞太陽之行星皆憑這個太陽為主動力。由此可知，凡屬這個太陽部下的勢力總是一樣，無有分別。又因這感動力所及之處與那本地的應動力相交，生出種種變相，莫可紀述。所以各宗教家的書總不及儒家的《易經》為最精妙。《易經》一書專講爻象，何以謂之爻象？你且看這『爻』字。」乃用手指在桌上畫，道：「一撇一捺，這是一爻；又一撇一捺，這又是一爻。天上天下一切事理盡於這兩爻了，初交為正，再交為變，一正一變，互相乘除，就沒有紀極了。這個道理甚精微，他們算學家略懂得一點。算學家說同名相乘為『正』。異名相乘為『負』，無論你加減乘除，怎樣變法，總出不了這『正』、『負』兩個字的範圍。所以『季文子三思而後行』，孔子說『再思可矣』，只有個再，沒有個三。

「話休絮聒，我且把那北拳南革再演說一番。這拳譬如人的拳頭，一拳打去，行就行，不行就罷了，沒甚要緊。然一拳打得巧時，也會送了人的性命。倘若躲過去，也就沒事。將來北拳的那一拳，也幾乎送了國家的性命，煞是可怕！然究竟只是一拳，容易過的。若說那革呢，革是個皮，即如馬革牛革，是從頭到腳無處不包著的。莫說是皮膚小病，要知道渾身潰爛起來，也會致命的。只是發作得慢，若留心醫治，也不至於有害大事。惟此『革』字上應卦象，不可小覷了它。諸位切忌，若攪入它的黨裏去，將來也是跟著潰爛，送了性命的！

「小子且把『澤火革』卦演說一番，先講這『澤』字。山澤通氣，澤就是谿河，谿河裏不是水嗎？《管子》說：『澤下尺，升上尺。』常云：『恩澤下於民。』這『澤』字不明明是個好字眼嗎？為什麼『澤火革』便是個凶卦呢？偏又有個『水火既濟』的個吉卦放在那裏，豈不令人納悶？要知這兩卦的分別就在『陰』、『陽』二字上。坎水是陽水，所以就成個『水火既濟』，吉卦；兌水是陰水，所以成了個『澤火革』，凶卦。坎水陽德，從悲天憫人上起的，所以成了個既濟之象；兌水陰德，從憤懣嫉妒上起的，所以成了個革象。你看，《彖辭》上說道：『澤火革，二女同居，其志不相

得。』你想，人家有一妻一妾，互相嫉妒，這個人家會興旺嗎？初起總想獨據一個丈夫，及至不行，則破敗主義就出來了。因愛丈夫而爭，既爭之後，雖損傷丈夫也不顧了。再爭，則破丈夫之家也不顧了。再爭，則斷送自己性命也不顧了，這叫做妒婦之性質。聖人只用『二女同居，其志不相得』兩句，把這南革諸公的小像直畫出來，比那照相照得還要清爽。

「那些南革的首領，初起都是官商人物，並都是聰明出眾的人才。因為所秉的是婦女陰水嫉妒性質，只知有己，不知有人，所以在世界上就不甚行得開了。由憤懣生嫉妒，由嫉妒生破壞。這破壞豈是一人做得的事呢！於是同類相呼，『水流濕，火就燥』，漸漸的越聚越多，鉤連上些人家的敗類子弟，一發做得如火如荼。其已得舉人、進士、翰林、部曹等官的呢，就談朝廷革命；其讀書不成，無著子弟，就學兩句愛皮西提衣或阿衣烏愛窩，便談家庭革命。一談了革命，就可以不受天理國法人情的拘束，豈不大痛快呢？可知太痛快了不是好事，吃得痛快，傷食；飲得痛快，病酒。今者，不管天理、不畏國法、不近人情，放肆做去。這種痛快不有人災，必有鬼禍，能得長久嗎？」

璵姑道：「我也常聽父親說起，現在玉帝失權，阿修羅當道。然則這北拳南革都是阿修羅部下的妖

魔鬼怪了？」黃龍子道：「那是自然，聖賢仙佛，誰肯做這些事呢？」

子平問道：「上帝何以也會失權？」黃龍子道：「名為『失權』，其實只是『讓權』，並『讓權』二字，還是假名。要論其實在，只可以叫做『伏權』。譬如秋冬的肅殺，難道真是殺嗎？只是將生氣伏一伏，蓄點力量，做來年的生長。道家說道：『天地不仁，以萬物為芻狗；聖人不仁，以百姓為芻狗。』又云：『取已陳之芻狗而臥其下，必眯。』春夏所生之物，當秋冬都是已陳之芻狗了，不得不洗刷一番，我所以說是『勢力尊者』的作用。上自三十三天，下至七十二地，人非人等，共總只有兩派：一派講公利的，就是上帝部下的聖賢仙佛；一派講私利的，就是阿修羅部下的鬼怪妖魔。」

申子平道：「南革既是破敗了天理國法人情，何以還有人信服它呢？」黃龍子道：「你當天理國法人情是到南革的時代才破敗嗎？久已亡失的了！《西遊記》是部傳道的書，滿紙寓言。它說那烏雞國王現坐著的是個假王，真王卻在八角琉璃井內。現在的天理國法人情就是坐在烏雞國金鑾殿上的個假王，所以要藉著南革的力量，把這假王打死，然後慢慢地從八角琉璃井內把真王請出來。等到真天理國法人情出來，天下就太平了。」

子平又問：「這真假是怎樣個分別呢？」黃龍子

道：「《西遊記》上說著呢：叫太子問母后，便知道了。母后說道：『三年之前溫又暖，三年之後冷如冰。』這『冷』、『暖』二字便是真假的憑據。其講公利的人，全是一片愛人的心，所以發出來是口暖氣；其講私利的人，全是一片恨人的心，所以發出來是口冷氣。

「還有一個秘訣，我盡數奉告，請牢牢記住，將來就不致入那北拳南革的大劫數了。北拳以有鬼神為作用，南革以無鬼神為作用。說有鬼神，就可以裝妖作怪，蠱惑鄉愚，其志不過如此而已。若說無鬼神，其作用就很多了。第一條，說無鬼就可以不敬祖宗，為它家庭革命的根源；說無神則無陰譴、無天刑，一切違背天理的事都可以做得，又可以掀動破敗子弟的興頭。他卻必須住在租界或外國，以騁他反背國法的手段。必須痛詆人說有鬼神的，以騁他反背天理的手段。必須說叛臣賊子是豪傑、忠臣良吏為奴性，以騁他反背人情的手段。大都皆有辯才，以文其說。就如那妒婦破壞人家，她卻也有一番堂堂正正的道理說出來，可知道家也卻被她破了。南革諸君的議論也有精采絕艷的處所，可知道世道卻被他攪壞了。

「總之，這種亂黨，其在上海、日本的容易辨別，其在北京及通都大邑的難以辨別。但牢牢記住：事事託鬼神便是北拳黨人，力闢無鬼神的便

是南革黨人。若遇此等人，敬而遠之，以免殺身之禍，要緊，要緊！」

申子平聽得五體投地佩服，再要問時，聽窗外晨雞已經喔喔的啼了，璵姑道：「天可不早了，真要睡了。」遂道了一聲「安置」，推開角門進去。黃龍子就在對面榻上取了幾本書做枕頭，身子一欹，已經鼾聲雷起。申子平把將才的話又細細的默記了兩遍，方始睡臥。

欲知後事如何，且聽下回分解。

這本書的譜系
Related Reading

《醒世姻緣傳》
作者：非一人、一時之作

朝代：清

敘述兩世姻緣、輪迴報應的故事。描寫出封建社會中夫妻家庭生活的面貌，真實反映出市井百態。

《三言》
作者：馮夢龍（1574-1646）

朝代：明

為《喻世明言》、《警世通言》、《醒世恆言》的合稱。作者搜集宋元明時代的話本整理、修改而成，書中的題材廣泛，用通俗的語言寫成，呈現出中下階層百姓的生活面貌。

《二拍》
作者：凌濛初（1580-1644）

朝代：明

為《初刻拍案驚奇》和《二刻拍案驚奇》的合稱。內容多取自古往今來的奇聞軼事，包括商人活動、婚姻愛情等。

《今古奇觀》
作者：抱甕老人（生平不詳）

朝代：明

節選自《三言》、《二拍》中的部分篇章，再加上一些文字的修改而成。

《鏡花緣》
作者：李汝珍（約1763-1830）

朝代：明

描寫武則天時代不得志的秀才唐敖乘船遊歷海外的故事，包括在「女兒國」、「君子國」的經歷。內容兼具幻想和諷刺，透過落魄秀才的遊歷，來表達對現實的不滿。

《儒林外史》
作者：吳敬梓（1701-1754）

朝代：清

書中真實描繪了清初時知識分子的生活，諷刺了科舉制度下的腐朽黑暗和貪官污吏的卑鄙刻薄。

《二十年目睹之怪現狀》

作者：吳沃堯（1866-1910）

朝代：清

全書以九死一生者為主角，描寫此人二十年以來，在社會上所見識到的各種奇形怪事。

《孽海花》

作者：曾樸（1871-1935）

朝代：清

以名妓賽金花、狀元洪鈞為故事主軸，描寫出清末三十年間的政治外交及社會的各種情態。書中有二百多個人物，從最高統治者慈禧太后、光緒皇帝，到下層社會的妓女、小偷，直至德國的交際場，風靡一時，形成「賽金花熱」。

《官場現形記》

作者：李伯元（1867-1906）

朝代：清

全書連綴許多官場中的的趣聞與笑話，以及種種貪污醜惡的故事而成，是本帶有強烈諷刺意味的小說。書中可看出清末的敗壞政治，及大小官吏的糊塗卑鄙，可算是一部官場醜態的總匯。

延伸的書、音樂、影像
Books, Audio & Videos

《老殘遊記》
作者：劉鶚；校訂：田素蘭、繆天華

出版社：台灣三民書局，2007年

敘述江湖醫生老殘在旅遊途中的見聞和經歷，藉其在各地的經歷，抒發對當時社會的不滿，反映出民生疾苦和國家政治的內憂外患。

《官場現形記》
作者：李伯元

出版社：上海古籍出版社，2005年

從中舉捐官的下層士子寫起，以及清政府的州府長史、省級藩台、欽差大臣以至軍機、中堂等形形色色的官僚，揭露他們為升官而逢迎鑽營，為近代中國腐朽醜陋的官場勾勒出了一幅歷史畫卷。

《二十年目睹之怪現狀》（上、下冊）
作者：吳沃堯

出版社：台灣古籍，2003年

作品主要從官場吏治及家族生活兩方面切入，描述了當時晚清社會的政治、經濟和文化習俗方面的形象，也顯露出腐朽制度帶來的人性墮落和種種醜態。反映了中法戰爭到二十世紀初期中國官場、商場、以及洋場的無數怪現狀。

《孽海花》
作者：曾樸

出版社：台灣古籍，2004年

小說的主角以洪鈞與賽金花為出發點，描寫當時歷史文化、政治社會的變遷，暴露出統治者的腐敗，並且批判封建的科舉制度。全書描寫了二百多個人物，從慈禧太后、光緒皇帝，到達官名流，到下層社會的妓女、小廝、小偷，甚至德國的交際場。

《儒林外史》
作者：吳敬梓

出版社：台灣古籍，2005年

本書是一部以諷刺見長的長篇小說。作者用幽默詼諧的語言，把封建社會科舉制度和腐朽黑暗、士人名流的庸俗可笑、貪官污吏的卑劣醜惡刻畫地入木三分，揭露出封建末世的精神道德和文化教育的嚴重危機。

《老殘遊記》（全五冊）
編繪：郭競雄

出版社：河北美術出版社，2003年

《老殘遊記》是為清末四大譴責小說之一 百年來經久不衰，以漫畫形式再現原著的風采。

《還魂香》

編劇：何冀平

導演：毛俊輝

演出：香港話劇團

取材自清末劉鶚的《老殘遊記》，擷取了原著的主線人物及情節，然後再加強人物性格、潤飾細節和延伸主旨而成。導演毛俊輝以現代舞台表演語言演繹中國傳統「傳奇」，再搭配倫永亮的原創音樂，共同探索結合東西方戲劇藝術的路向。

《齊風魯韻》

類型：戲曲

演出：台北曲藝團、濟南市曲藝團

山東梨花大鼓歷史悠久，劉鶚在《老殘遊記》一書中所描寫的黑妞、白妞即是表演梨花大鼓。此劇邀請保存山東曲藝最完整的濟南市曲藝團來台，與台北曲藝團同台聯演。觀眾可以親身體驗劉鶚所描寫的梨花大鼓究竟是什麼樣的表演型式，和文字敘述有何異同，重讀《老殘遊記》也可以有一番不同體會。

經典3.0
ClassicsNow.net

帝國末日的山水畫 老殘遊記

原著：劉鶚
導讀：李歐梵
故事繪圖：謝祖華

策畫：郝明義
主編：徐淑卿
美術設計：張士勇
編輯：李佳姍
圖片編輯：陳怡慈
編輯助理：崔瑋娟
美術編輯：倪孟慧 戴妙容
邊欄短文寫作：丘光
校對：呂佳真

感謝北京故宮博物院對本書之圖片內容提供特別支持與協助

企畫：網路與書股份有限公司
出版者：大塊文化出版股份有限公司
台北市10550南京東路四段25號11樓
www.locuspublishing.com
讀者服務專線：0800-006689
TEL：886-2-87123898　FAX：886-2-87123897
郵撥帳號：18955675
戶名：大塊文化出版股份有限公司
法律顧問：全理法律事務所董安丹律師

總經銷：大和書報圖書股份有限公司
地址：台北縣新莊市五工五路2號
TEL：886-2-8990-2588　FAX：886-2-2290-1658
製版：瑞豐實業股份有限公司
初版一刷：2010年5月
定價：新台幣220元
Printed in Taiwan

帝國末日的山水畫《老殘遊記》 = The travels
of Lao Ts'an／劉鶚原著；李歐梵導讀；
謝祖華故事繪圖. -- 初版. -- 臺北市：大塊文
化, 2010.05
　　面；　公分. -- (經典3.0；006)
　　ISBN 978-986-213-179-4(平裝)

857.44　　　　　　　　99004726